AF398536

Harakiri

af
Michael Sørensen

© 2024 Michael Sørensen
Forlag: BoD · Books on Demand GmbH, In de Tarpen 42, 22848 Norderstedt, Tyskland
Tryk: Libri Plureos GmbH, Friedensalle 273, 22763 Hamborg, Tyskland
ISBN: 978-87-4305-875-5

Kapitel 1.

'Jeg ville ønske, at du var død!'

S-toget rumlede af sted. Aftenmørket rullede forbi vinduerne, med gadelamperne fra forstædernes stisystemer, som eneste lys i den kolde novemberaften. Line rettede på de iturevne netstrømper, der stak ud under lædernederdelen. Hundehalsbåndet med nitterne irriterede hendes hud på halsen, men hun gjorde ikke noget ved det. Den insisterende kløe var hendes følgesvend på turen væk fra det hele. Line lagde hovedet mod finéren, der beklædte det gamle S-tog. Hun havde øjnene lukkede. Hun behøvede ikke at åbne dem. Hvis hun gjorde, ville hun blive alt for bevidst om de bebrejdende blikke fra de to ældre damer, der sad to sæderækker længere væk. Det pjuskede og beskidte sorte hår, som Line selv havde farvet, klistrede til S-toget. Bøjlen på hovedtelefonerne til hendes walkman, delte hendes korte frisure, hvis man altså kunne kalde hendes antifeminine klipning for sådan et fint ord.

'Jeg ville ønske, at du var død!'

Echo & The Bunnymen forsikrede Line om, at hun havde en plads i denne mørke og fortvivlede verden. Kassetten, som Line havde stjålet på biblioteket, havde kørt non-stop i hendes ører de seneste par uger. Den rungende lyd, den insisterende bas og de messende stemmer var det perfekte lydtapet til Lines liv.
Hun var godt nok ikke fra Liverpool, men hun var fra Vallensbæk og det var tæt nok på. Hun delte vreden, ængstelsen og følelsen af at være misforstået med bandets musik.

'Jeg ville ønske, at du var død!'

S-toget sænkede farten. Normalt ville Line rejse sig, så hun kunne stille sig i døren, når toget kom ind på perronen. På den måde kunne hun holde øje med kontrollørerne og springe ud af toget, hvis hun kunne se dem stå klar. De kontrollører, der forsøgte at stoppe hende, løb hun fra. Kunsten, at køre på røven, var hun verdensmester i. Hun lod kontrollører være kontrollører. Hvis de ville give hende en bøde, kunne de bare gøre det. Hun var ligeglad. Ligeglad med bøderne. Ligeglad med konsekvenserne. Ligeglad med livet.

'Jeg ville ønske, at du var død!'

Der kom ingen kontrollører. Den mekaniske fløjte lød og toget satte i gang. Line rettede på den sorte læderjakke, der var mindst tre numre for stor. Den var ikke særlig fed, men den var bedre end ingenting. Hun havde købt den på et loppemarked for ti kroner af en mand, der ikke ville ligne en rocker. Det ville Line heller ikke, så hun havde hamret nitter gennem ærmerne og ryggen af jakken, der nu lige kunne gå an. Hendes stedfar, Tom – havde kaldt hende en discount punker, men hvad vidste han om det?

Toget gjorde flere og hyppigere stop, da det nærmede sig indre by. På Sjælør blev freden brudt. Line bemærkede det allerede, før dørene gik op. De to damer rejste sig og fandt en anden kupé, inden Line rigtig fik åbnet øjnene. En fyr i starten af tyverne dumpede ned på sædet overfor hende.

Han satte foden op på sædet mellem hendes ben. To af hans venner tog plads på sæderne bag ham, hvor de sad og stirrede ondt på Line.

'Hvad har vi her?'

Han spurgte på en overdrevet teatralsk måde, der kun havde til hensigt at provokere. De beskidte gummisko sparkede til sædet mellem Lines ben, så hendes nakke bankede ind i bagsiden af kupéen. Line lukkede øjnene, så idioten i gummisko og cowboyjakke kunne fortsætte sin uropførelse af stykket "Idioten fra Sjælør Station."

'Jeg ville ønske, at du var død!'

Line skruede op for Echo & the Bunnymen. Hun kunne ikke længere høre, hvad der blev sagt i kupéen. Hun var også ligeglad. Hun åbnede øjnene kort. Hendes døde blik gjorde noget ved idioten, der stadig sad og vuggede hendes sæde med fødderne. Han stoppede den lydløse ordbræk, der åbenbart ikke var helt så endeløs, som Line have forestillet sig. Øjeblikket efter blev hun løftet op fra sit sæde. Han havde fat i kraven på læderjakken. Hendes ynkelige tynde ramme, der ikke var højere end 155 centimeter, hang og dinglede over gulvet på S-toget. Hun kunne mærke hundehalsbåndet stramme. Det gjorde ondt, men hun sagde ingenting. Smerten havde været hendes ven i flere år, så det generede hende ikke overhovedet. Hun kunne mærke luftvejene snøre sig til og lod det ske. Det syge monster i cowboyjakken snottede hende i ansigtet flere gange.

Til sidst gav han slip, så Line bankede baghovedet ind i bagbeklædningen af togvognen, før hun landede på det hårde sæde. De tre fyre sprang ud af vognen på samme måde, som de havde sprunget på toget stationen forinden. Tak til Sydhavnen der åbenbart samlede på den slags affald. Line kiggede op. Spytklatterne sad klistret til hendes ansigt. De to damer sad i den tilstødende kupé og stirrede med væmmelse gennem glasset på Line, der gav dem det samme døde blik, som hun havde givet idioten i cowboyjakken. Hun rettede på hovedtelefonerne og rejste sig fra sædet.

'Jeg ville ønske, at du var død!'

Toget trillede ind på Dybbølsbro, hvor Line steg ud. Hun gik op ad den stejle metaltrappe. Det var først, da hun nåede gangbroen mod Halmtorvet, at hun tørrede spytklatterne væk fra ansigtet.

'Jeg hader dig...' råbte Lines mor.

'... jeg ville ønske, at du var død!'

Kapitel 2.

Line sad op af hegnet ved Dybbølsbro. Togene susede forbi bag hende, mens aften blev til nat. To fyre, med hver deres taske fyldt med spraydåser, havde spurgt efter ild til deres smøger. Line røg ikke, så hun kunne ikke hjælpe dem. De havde ikke kommenteret på hendes udseende. Den sorte mascara var flydt ud langs kinderne, som en ekstra bonus fra de to spytklatter, som hun havde fjernet med ærmet af læderjakken. Hendes walkman var løbet tør for batteri, så hun sad og lyttede til nattens lyde, der primært kom fra Intercitytoge, taxaer og en enkelt udrykning i ny og næ. Fra et vindue i et af områdets nedslidte etageejendomme havde The Specials rungende kaldt ud til spøgelsesbyen. This Town is coming like a Ghost Town.

'Skal du ikke hjem og sove?'

En politibil var kommet kørende fra Halmtorvet. Den ene betjent var steget ud. Line havde siddet i sine egne tanker, så hun havde ikke set bilen komme rullende. Hun rejste sig ikke. Hun hadede politiet. Hvad var de til for? Så de rige kunne blive rigere? De fattige kunne ikke bruge politiet til en skid. Den anden betjent blev siddende bag rattet.

'Er du okay?'

Hun hørte skridtene fra betjenten, der krydsede vejen.

'Er du stukket af hjemmefra?'

Line stirrede på ham. Hun var femten år gammel, men hendes vrede blik kunne skræmme selv de mest hærdede voksne mænd.

’Kan du ikke bare lade mig være?’

Han nikkede, trak en pakke cigaretter frem og tændte en smøg. Han rakte pakken frem mod Line, der afslog med en hovedrysten.

’Hvor gammel er du?’ spurgte han med langt mindre autoritet.

’Gammel nok!’ svarede Line surt.

Han nikkede og tog et sug af smøgen. Han havde stillet sig en meter fra hende og stod vendt mod hende. Hans opmærksomhed var rettet mod de to fyre med spraydåserne, der var travlt beskæftiget med at dekorere et parkeret S-tog.

’Se nu på de to fjolser dernede. De kan jo ikke engang stave.’

Line vendte sig om og smilede.

’De har nu ret uanset hvad.’ sagde hun lavmælt.

’Synes du det?’

’Ja, ham Slutter er da en skide taper.’

Betjenten grinede. Han stak hånden i lommen. Line var sikker på, at hun snart ville være i håndjern og på vej hjem til Vallensbæk på bagsædet af en politibil. Hun lukkede øjnene.

’Her! Pas på dig selv!’

Betjenten lagde to tiere, hvis sølvfarve glimtede mod månens lys, i Lines hånd. Hun tog imod pengene uden et ord. Hun havde fem tyvekronesedler i lommen, som hun havde stjålet fra sin stedfar Tom. Han havde en kasse med penge stående under dobbeltsengen i soveværelset. Hun havde stjålet fra den kasse i flere år og han havde aldrig opdaget det.

’Hey!’

Betjenten vendte sig om.

'Har du tre batterier, som jeg kan få?'

Line rakte den døde walkman op, for at signalere vigtigheden af hendes spørgsmål.

Kapitel 3.

Line havde spist den ene spandauer, da en due satte sig på bænken ved siden af hende. Hun lagde et par krummer, som duen straks gik i gang med at fortære. Den anden spandauer lå stadig i posen. Hun var gået bagom hos en af de små bagere på Gammel Kongevej og havde fået lov til at købe to stykker wienerbrød for en femmer. Nu sad hun på en bænk langs søerne og ventede på, at solen ville stå op. Når morgentrafikken for alvor satte i gang, ville hun gå op på Hovedbanegården, vaske ansigtet og lægge ny mascara på. Hun var tættere på Vesterport, men hun vidste også, at junkierne brugte lokummerne til deres morgenfix, så hun ville hellere gå op på Hovedbanen, hvor toiletterne var bemandet - netop for at holde junkierne væk. En hjemløs mand kom slingrende langs søerne. Han trak en lille vogn, der klirrede med tomme flasker. Han havde sikkert brugt hele natten på at rode i skraldespande. Det lød som om, at han havde haft en fin nat og nu kun ventede på, at købmanden åbnede, så han kunne veksle de tomme flasker til et par fyldte. Han stoppede op, da han så Line sidde på bænken. Duen flyttede sig modvilligt ned på grusstien og gjorde plads. Den hjemløse mand stank af daggamle cerutter og sur øl, da han satte sig.

’Livet, du…’ begyndte han.

’Ja, hvad med det?’ spurgte Line uden at virke interesseret.

’… det er sgu sjovere om sommeren. Det er i hvert fald varmere.’

Hun smilede til ham. Hans grå skæg og det matchende hår havde vokset sig sammen til én stor grå behåring. Næsen og kinderne var knaldrøde. Læberne var blå bag det grå skæg. Han havde haft en kold nat.

’Skal du ikke have en spandauer?’ spurgte Line.

Hun rakte posen frem mod manden.

’Er det med syltetøj?’ spurgte han sultent.

’Selvfølgelig er det dét. Hvad regner du mig for?’

Han smilede og tog høfligt imod den fedtede hvide pose fra bagerbutikken. Han spiste i stilhed. Det generede ikke Line overhovedet.

’Hvad skylder man for venligheden? spurgte han, da han havde slugt den sidste bid wienerbrød. Han rakte nogle småmønter frem mod Line.

’Ikke noget. Den var fra mig til dig.’ svarede Line. Hun smilede ikke, men hendes stemme lød gladere end den havde gjort i ugevis.

’Så siger jeg tak for elskværdigheden!’ sagde han og løftede på en usynlig hat. Han havde allerede rejst sig, før Line fik sagt noget.

’Nu skal jeg finde en købmand.’ kom det målrettet.

’God fornøjelse!’ svarede Line.

Hun fulgte hans vraltende gang langs stien. Da han nåede bagsiden af Saltlageret, forsvandt han ind mod byen. Line tørrede bænken af for krummer, hvilket fik duen fra tidligere til at vende tilbage. Den stoppede op et øjeblik og kiggede op på Line.

’Så siger du måske også tak for elskværdigheden?’

Kapitel 4.

’Hvis du stjæler mine ting, får du en røvfuld.’

’Slap dog af!’

Line bladrede gennem kassettebåndene. Der var ikke en skid godt. Shu-bi-dua, Rolling Stones og Boney M.

’Folk som dig stjæler med arme og ben!’

’Jeg har sgu da aldrig stjålet fra dig.’

Han spyttede mod rendestenen. Han havde sat to foldekasser ud med stjålne kassettebånd op langs siden af Gammeltorv mod Nørregade. Her havde han flest steder at løbe hen, hvis politiet kom forbi. Han stirrede olmt på Line, der stod og bladrede i den første kasse.

’Du har ikke en skid god musik.’ hvæsede hun.

’Du har heller ikke en skid penge.’

Hun gik videre til kasse nummer to. En mand i pænt tøj stoppede op og bladrede i den kasse, som Line lige var blevet færdig med.

’Er der noget Dire Straits?’ spurgte han hurtigt.

’Er du blind? Kig dog selv!’ sagde sælgeren. Manden rettede på sin fine jakke og kiggede videre. Efter to sekunder gav han op og gik videre.

’Dire Straits! Bøssemusik!’ sagde sælgeren.

’Ja, få dig dog et liv, taber!’ samstemte Line.

Hun havde næsten givet op, da den næstsidste kassette endelig vakte hendes interesse. Killing Joke!

'Hvad skal du have for denne her?'

Han flåede kassetten ud af hånden på hende.

'Den er sjælden.'

'Sjælden? Du er da herredum at høre på!'

Han kiggede på Line et øjeblik. Han havde billige plastsolbriller på, selv om det var den mørkeste november i årevis.

'Den koster en halvtredser!'

Line begyndte at grine.

'Hva? Tror du, at du er Fona?'

'Hvor meget vil du give?' spurgte han og pegede på Line med kassetten.

'Du kan få en tier!'

'Du har sgu da ikke nogen penge.'

Hun fiskede en blank tier op af lommen fra læderjakken. Det føltes mærkeligt, sådan at stå med penge, som man var kommet ærligt og redeligt til. Hun havde i hvert fald fået den tier af en politibetjent og ikke stjålet den fra Tom, som ellers var kutyme.

'Pengene først, punkertøs!'

Hun stak ham de ti kroner, som han tog pænt imod, før han langede kassetten over til hende.

'Skrid så med dig!' råbte han, da hun gik ned mod Vestergade. Hun havde allerede skiftet båndet ud. Echo & The Bunnymen måtte en tur i lommen.

Hun havde alligevel ikke andet end båndet, for biblioteket havde jo coveret. Snart flød den postpunkede rock ud i ørerne på hende. En smart fyr i et dyrt jakkesæt kom om hjørnet samtidigt og puffede Line ind i en skraldespand, der hang på en lygtepæl. Han råbte noget efter Line, men hun kvitterede med at give ham fingeren. Da hun nåede Rådhuspladsen, genkendte hun nogle ansigter, der var i gang med en demonstration. Der var altid demonstrationer på Rådhuspladsen. Der var sorte flag og stemningen var ond. Der var ikke mere end tyve-tredive unge mennesker til stede, men de var der ikke for sjov. Line skulle ikke være en del af deres kamp for eller imod noget, så hun smuttede videre uden at hilse. De ville ende i et salatfad, inden dagen var omme. Det havde hun intet behov for at prøve. Der var i forvejen ballade nok derhjemme. Skolen besøgte Line ikke længere. De var ikke andet end lakajer for kapitalisterne, der kun havde til formål at reformere unge hjerner til gode skatteydere, der holdt deres kæft, spiste deres kage og stemte på de samme åndsboller hvert fjerde år. Derhjemme var der alkohol involveret hele tiden. Tom drak som et hul i jorden. Hendes mor fulgte med, så godt hun kunne. Når argumenterne slap op, overtog Toms bælte eller også græd hendes mor, indtil Line fik dårlig samvittighed. Hun havde engang været sin mors Line. Hendes mors Line-mus. Den lille Cirkeline, som hele familien elskede. Efter Tom kom ind i billedet, var Line en irriterende pestilens, der stod i vejen for en god fest. De flyttede til Vallensbæk, hvor huslejen var billig og Tom kunne sælge sit lort i fred og ro.

Line gad ingen af dem længere. Hun ville klare sig selv. Hun havde ikke en skid brug for nogen af dem. Da hun nåede Cinema 1-8 på Vesterbrogade, stoppede hun op. Hun havde for meget krudt i røven til at sidde og glo på film, men hun elskede magien ved filmplakaterne. Hun forestillede sig selv, som en kendt skuespillerinde, der tjente masser af gysser og kunne gøre præcis, som hun havde lyst til. Hun så sig selv i en fed gammel sportsvogn med håret flagrende. Hun ville sagtens kunne leve livet som filmstjerne. Døren til biografens foyer gik op og et par piger smuttede ud. Line genkendte med det samme ryggen af en fyr, der altid gik i en slidt læderjakke, hvor han med maling havde skrevet "Sex Pistols" over ryggen. Hele foyeren var fuld af spillemaskiner, der hver især lyste op og bippede samtidig med, at de tiggede penge fra de børn, der ikke kunne stå for hverken lys eller lyd.

'Det er sgu da Rotten!' råbte Vix.

Hun klappede Gasser på ryggen, der i irritation slog ud efter hende uden held.

'Hvad laver I herinde? spurgte Line.

'Det er Gasser. Han vil slå KGB!'

Gasser havde ikke tid til at svare. Han stod i sin fede Sex Pistols jakke, en rød hanekam og et arrigt blik malet i ansigtet. Han var i gang med en af maskinerne.

'Jeg er slet ikke med!' svarede Line, der af venner blev kaldt Rotten på grund af hendes lille statur og det spidse ansigt.

'Jeg er kun 450 sølle point fra KGB!' peb Gasser, der sikkert
havde et borgerligt navn, men havde fået øgenavnet efter sin
adresse på Gasværksvej. Vix var hans veninde. De var ikke
kærester, sagde de. Vix hed Victoria i virkeligheden, men hadede
navnet mere end hun hadede Schlüter og hans kumpaner – og det
var ellers ikke så lidt. De var begge i tyverne og var begge
involverede i BZ-bevægelsen. Line havde aldrig rigtig været en del
af den gruppe, men nu var hun jo selv hjemløs, så det gav måske
sig selv.

'Har du to enkroner, Rotte? Du får dem igen senere. Jeg lover
det!'

'Du er jo afhængig!' stønnede Vix.

Line fiskede to kroner op til Gasser, som grådigt smed dem i
maskinen, der bippende sagde tak for elskværdigheden.

'Hvorfor er I her? Det er herremeget et tabersted!' prøvede Line.

'Vi skulle jo til demonstration nede på pladsen, men idioten her
skulle lige ind og slå KGB. Nu når vi ikke at blive anholdt!' klagede
Vix.

'Vi bliver anholdt en anden gang. Det lover jeg!' kom det
beklagende fra Gasser.

Han havde kun lige gjort sætningen færdig, før to salatfade kom
kørende med udrykning mod Rådhuspladsen.

'Jeg sagde det jo!'

Vix slog ud med armene. Hun var i den samme sorte kjole og
sorte denimjakke, som hun altid gik klædt i.

Hun lignede Draculas brud, der havde været på tilbudsjagt hos Wrangler. Det var på den måde Gasser beskrev Vix, når de havde fået noget at drikke. Vix havde langt sort hår, som hun endda var født med. Line var misundelig.

'Lad os skride ud og ryge!'

Line og Vix forlod biografens foyer. De kunne ikke se noget, men de kunne høre genkendelige råb fra demonstranter, der fik tæsk af politiet. Vix tændte en smøg og inhalerede, før hun med en dyb stemme begyndte at tale.

'Hvad laver du herinde? Er du ikke i skole?'

'Jeg fatter O og en skid af skolen, Vix.'

Vix inhalerede igen.

'Skal vi ikke daffe? Jeg gider ikke bruge min dag her.'

Line nikkede.

'Hvor skal vi skride hen?'

'Skal vi ikke smutte ned på Vesterbrogade og stjæle noget tøj?'

'Klart!' svarede Line.

Kapitel 5.

’Jeg kan give jer 800 kroner. Ikke en øre mere.’

Vix kiggede på Line, der stirrede på bunken af stjålent tøj, der
flød over disken i den lille genbrugsbutik på Vesterbro.

’Come on, Mariann. Kan du ikke give os tusind kroner?’

’Du ved godt, at min butik bliver lukket, hvis de finder ud af, at
jeg sælger stjålent tøj med prismærker på?’

’Jamen, der er tøj for over ottetusind kroner.’ stønnede Line.

’Så sælg det et andet sted!’

Mariann skubbede bunken af tøj mod Vix og Line.

’Hvad med 900 kroner? Så er der 450 til hver!’

Mariann sukkede. Hun fandt otte hundredkronesedler og to
halvtredsere i kasseapparatet. Hun lagde pengene i hånden på Vix,
der allerede havde rakt begge hænder frem.

’Må jeg ikke få nogle enkroner?’ spurgte Vix.

Mariann rystede på hovedet, før hun stak hånden i kassen for
anden gang. Hun gav Vix en lille håndfuld enkroner.

’Det er til Gasser. I morgen slår han sgu KGB!’

De to piger begyndte at grine.

’Farvel, de damer. Kom aldrig igen.’ svarede Mariann. Hun
pegede på døren.

Da de kom ud på gaden, havde mørket fået tag i byen.

’Hvor skal vi gå hen?’ spurgte Line.

’Skal vi ikke have en gang fritter fra Astor?’

De to bevægede sig op til Istedgade og gik ned mod Hovedbanen.

'Hvor skal du så bo henne?'

'Det ved jeg ikke.' svarede Line ærligt.

'Jamen, du er jo kun et barn. Du kan sgu da ikke bo på gaden.'

'Du er måske min nye mor?' svarede Line hurtigt.

'Hvis jeg var, fik du ikke lov til at sove på gaden, mand.'

'Jeg har da heller ikke fået lov.'

Vix stoppede op. Hun havde en bekymret mine. Det var alvor.

'Du ved, hvad jeg mener. Du skal sgu tage hjem til Brøndby.'

'Vallensbæk.'

'Er det ikke det samme? Du skal ikke bo herinde. Byen spiser mennesker, Rotte. Det hele er sjovt om dagen, men om natten ændrer verden sig.'

Line trak i Vix, så de kunne gå videre. De begyndte at gå.

'Jeg klarede mig altså fint i nat!' protesterede Line.

'En nat? Tillykke med det. Din medalje er på vej i posten. Du ender sgu hernede.'

Vix nikkede over mod en gruppe piger, der var begyndt at tage plads på Istedgade. Nattens dronninger gjorde sig klar til kunderne.

'Jeg skal sgu ikke være luder. Jeg er femten år gammel!'

Line rystede på hovedet.

'Hvornår tror du, at dem derovre startede? Da de var femogtredive år gammel, havde mand og unger - og boede i en villa i Glostrup?'

Line kiggede over mod kvinderne, der hver især havde deres problemer. Voldelige alfonser, stoffer eller børn der lå alene derhjemme og sov. Hun havde snakket med den type kvinder før. Tom havde solgt hash og stoffer til en masse af dem, før de var flyttet til Vallensbæk.

'Jeg skal sgu ikke være lige som dem.'

'Jeg kommer ikke og redder dig. Når vi har spist de fritter, skal du skrubbe hjem, hvor du kommer fra. Det er det bedste råd, jeg kan give dig.'

'Hvis det er dit bedste råd, så er du altså ikke særlig god til det.' drillede Line.

'Nej, men jeg ville alligevel ønske, at nogen havde sagt det samme til mig.'

'Hvorfor skal du være så åndssvag? Vi har det lige så sjovt!'

'Du er åndssvag!' svarede Vix.

De nåede Astor på Vesterbrogade. Der sad en flok drenge og drak cola ved et bord. Resten af spisestedet var tomt. Line satte sig på en af de hårde plastbænke.

'Prøv at se dem dér. Jugoer hele bundtet!'

'De er da meget søde.' sagde Line.

'De går med kniv og hader sådan nogen som dig og mig.'

'Hvad er vi da for nogen?' spurgte Line.

'Vi er da de seje piger fra gaden!' grinede Vix. Hun gik op og bestilte fritter og cola. Så snart hun forlod bordet, kom to af drengene over. De var sytten-atten år.

’Hvad laver I her? Ved I ikke, at det er vores sted?’

Den ene af drengene rejste sig fra sin stol. Han satte sig overfor Line øjeblikket efter.

’Det er ikke en skid jeres sted. Skrub hjem til Jugoland med jer.’ knurrede Line.

Hun så ikke den syngende lussing, før den sad tværs over hendes kind. Det gjorde ondt og tårerne piblede hurtigt frem.

’Du skal tale pænt til os.’

Han tog en serviet fra den sølvfarvede kasse på bordet. Line sagde ikke tak, da han rakte hende servietten.

’Hvad siger man så?’ kom det prompte fra ham.

’Tak!’ bævrede Line. Hun prøvede at tørre tårer væk, men de væltede frem i en lang række.

’Nu skal du høre her…’ begyndte han.

’Hvad fanden laver du, spasser?’ kom det fra Vix, der var kommet tilbage til bordet.

’Sæt dig ned og hold din kæft!’ råbte Jugoen. Hans kammerater ved det andet bord rejste sig op.

’Du skal fandme ikke sige hold kæft til mig!’ råbte Vix.

Han rejste sig, men nåede ikke helt op og stå, før Vix kastede sig over ham. Hun bed ham i kinden, så han skreg i smerte. Vix gav ikke slip og hun bed hul i drengens kind. Da hun endelig gav slip, faldt han til gulvet. Blodet stod ud af kinden på ham.

’Det her skal I få betalt.’ råbte han, mens han blev siddende på gulvet.

Hans kammerat, der var kommet over til bordet, hjalp chokeret sin ven op fra gulvet. Drengene smuttede ud ad sidedøren og gik mod Hovedbanen. Vix satte sig ned og trak fem servietter ud af æsken. Hun spyttede blod ud i væmmelse.

'Er du okay, Rotte?' spurgte hun, da hun var færdig med at spytte. Line græd stadig. Det var helt uden lyd, men det var bestemt ægte gråd.

Kapitel 6.

Hun sad i mørket uden at sige noget. Musikken tordnede fra et anlæg, der spillede på allerhøjeste volumen. Der sad folk på ølkasser alle vegne og lyset fra de mange stearinlys gav skygger, der dansede på væggene. Folk måtte råbe til hinanden i infernoet af musik og klirrende ølflasker. Line havde drukket en enkelt øl, da hende og Vix var ankommet til festen, som mest af alt bare var en komsammen, der havde udviklet sig til en masse druk. Det var den hårde kerne fra undergrunden, der var til festen. Musikere, digtere og kunstnere af enhver slags, der gerne ville hænge ud med alle samfundets mest hadede mennesker – punkerne. En fyr i trediverne havde prøvet at starte en samtale med Line, men en dreng ved navn Theo, som åbenbart var en stor kanon, havde bedt fyren om at styre sig lidt med advarslen om, at Rotten kun var et barn. Nu lå hun i et hjørne af stuen og lyttede til den vrede musik, der blandede sig med alt fra stemmer af flirten til ophedede politiske diskussioner, der mest handlede om, hvem der kunne komme længst ud på venstrefløjen. Line faldt i søvn, men vågnede nogle timer senere, da festen var gået helt død. Det var mørkt udenfor og morgenen var stadig et par timer væk. Gasser og Vix delte en lille sofa, hvor de nærmest lå kastet ovenpå hinanden. De sov begge, så Line listede rundt i lejligheden, for at finde et toilet. Anlægget var nu langt mere dæmpet, men der kørte stadig musik. Der gik lidt tid, før det gik op for Line, at selv om højtalerne stod i stuen, kørte et andet sæt højtalere et andet sted.

Hun fulgte lyden fra anlægget, der stod i en anden og mindre stue, hvor der ikke var andre møbler end netop anlæg og højtalere. På gulvet, blandt flasker og askebægre, lå en ung mand med et pladecover over sit ellers nøgne underliv. Line listede ud igen, men nåede kun til dørtrinnet, da han vågnede.

’Kan jeg hjælpe dig med noget?’

Han havde en mild og høflig stemme.

’Jeg leder efter toilettet. Jeg har været alle vegne, føler jeg.’

Hun smilede forsigtigt til den nøgne mand, der stadig ikke var helt bevidst om, at han var nøgen. Enten det – eller også var han ufattelig nonchalant omkring det.

’Så er du på den forkerte etage. Der er toilet i gården.’

’Tak!’ svarede Line og prøvede for anden gang at liste væk fra det nøgne menneske, der overskred hendes grænser ret så voldsomt.

’For fanden da også!’ kom det fra ham.

’Undskyld?’

Line prøvede at undgå at kigge på den unge fyr, der kæmpede med balancen og tyngdekræften på samme tid. Han prøvede at komme på benene og det var et ynkeligt syn.

’Jeg er sgu nøgen igen! Det sker bare hver gang!’

Line begyndte at grine. Sådan rigtig grine med hele kroppen. Det føltes unaturligt og fremmed, men hun kunne ikke lade være. Situationen var komisk og den blev ikke bedre af, at han slet ikke kunne finde balancepunktet og derfor svajede rundt som en surfer.

'Hvor er dit tøj dog henne?' spurgte hun og begyndte at grine igen.

'Det har jeg sikkert kastet ned i gården.'

Han opgav sit forehavende med at stå op og satte sig op ad væggen.

'Skal jeg hente dit tøj?'

'Har du ikke en smøg?'

Hun rystede på hovedet.

'Lort! Jeg trænger til en smøg.'

'Jeg går lige i gården!' sagde Line.

Hun gik ned af den stejle bagtrappe, der var skæv og ubehagelig at gå på. Hendes støvler sad konstant fast, så hun skulle holde i gelænderet med begge hænder, for ikke at falde direkte ned af trapperne. Da hun nåede gården, så hun en sort T-shirt med Anarchy in the UK, som hun nok mente at kende ejeren af. Hun tog T-shirten med sig og fandt toilettet i gården. Det var det koldeste toiletbræt hun nogensinde havde siddet på. Der var gudskelov toiletpapir, men det var ikke et sted, som hun nød specielt meget, så det gik hurtigt med at komme ud igen. Vix havde ret. Line var ikke god til det med at være på gaden. Hun havde været væk fra sin seng i to nætter og hun kunne mærke, hvordan livet begyndte at dræne hende. På vej ud fra toilettet fandt Line et par jeans, der var hullet og slidte. De matchede T-shirten fint, så hun tog begge dele med op i lejligheden. Trapperne var meget nemmere at komme op ad, så hun besteg lynhurtigt de tre etager.

’Jeg fandt dem!’ udbrød hun, da hun kom tilbage til den lille stue med anlægget. Den nøgne fyr sad med en stak plader omkring sig. Et mørkt men stille nummer rullede gennem højtalerne. En insisterende guitar spillede samme akkorder igen og igen, mens en mørk og truende stemme sang lavmælt.

’Du fandt ikke en smøg, vel?’ spurgte han.

Han havde tjavset lyst hår og blå øjne. Han var faktisk så lidt punk, som Line overhovedet kunne forestille sig. Det hjalp så heller ikke noget, at han var splitternøgen og bleg som et lig. Line rakte ham tøjet, som han straks gennemsøgte efter cigaretter, men helt uden held.

’Jeg hedder Line.’ sagde hun.

Hun nåede lige at sætte sig ved siden af ham, da han sprang op og introducerede sine kønsdele alt for tæt på hendes ansigt, før han var ude af stuen. Her sad Line så og blinkede et par gange, før hun begyndte at grine igen. Hun havde ikke grinet så meget på så kort tid, siden hun var syv-otte år gammel. Måske endda yngre.

’Det er Bauhaus. Peter Murphy er bare rigtig god. Prøv lige at høre denne her.’

Han kom springende ind i rummet med en tændt smøg i munden, mens han fortalte om Bauhaus, Peter Murphy og alt muligt, som Line slet ikke kunne følge med i.

’Burning From the Inside er mere end ni minutter langt. Man skal virkelig bare mærke Bauhaus, mere end man skal lytte.’

Han tog fat i Lines skuldre og lagde hende ned på gulvet. Hun lå fladt ned på ryggen og anede ikke, hvad der foregik. Han startede nummeret forfra og lagde sig ved siden af hende. Her lå de så og lyttede et minut eller to. Hun vendte ansigtet mod hans.

'Jeg hedder Rumle!' udbrød han under musikken.

'Jeg hedder stadig Line.'

Han tog hendes hånd og sådan lå de på gulvet og lyttede til Bauhaus resten af natten – kun afbrudt af at Rumle vendte pladen igen og igen. Da nat blev til morgen, rejste han sig fra gulvet, tog sit tøj på og gjorde sig klar til at gå.

'Skal vi gå ud og få noget morgenmad? Jeg kender et sted.'

Line nikkede og rejste sig fra gulvet.

'Der er bare lige…'

'Ja?' spurgte hun.

'Har du set mine støvler?'

Kapitel 7.

'Hvad synes du?'

Matildebrikken med kakaomælk lå tungt i maven. Det samme gjorde de to rundstykker. Line havde ikke sagt så meget, for Rumle havde ført ordet. Han havde fortalt om sine tekster, som han skrev i en rus af stoffer og alkohol for, at de skulle blive ekstra skarpe. Han havde fortalt om sine venner i BZ-bevægelsen, der alle lød som fantastiske mennesker, når han livligt beskrev dem. Han havde snakket politik, så Lines hoved havde været ved at sprænge. Han havde mange meninger, der alle handlede om, at systemet var noget lort, som vi var nødt til at rive ned og starte forfra. Line forstod ikke særlig meget af det, men hun var betaget af Rumle, hans talegaver og alt det, han vidste noget om. Hun forsvandt i de blå øjne, der begejstret lyste op, når hans taler blev passionerede og engagerede.

'Det er et vildt sted. Skal det virkelig rives ned det hele?'

De sad på øverste etage af en nedlagt fabrik i Nordvest. Fabrikken skulle rives ned og den smukke udsigt, som de lige nu nød i den tidlige vinterkulde, ville snart være fortid.

'De river tingene ned og kalder det fremskridt. Forestil dig, hvor fedt det kunne være, hvis alle vi unge kunne bo her? Vi kunne lave alt muligt. Det kunne blive et kæmpe kunstnerkollektiv.'

Hun sukkede opgivende. Han nikkede. Hun anede ikke, hvad hun skulle sige, men han forstod hende alligevel. Rumle var bare dejlig.

'Tak for morgenmad.' sagde hun.

Han smilede og tændte en smøg. Hun takkede nej til en cigaret for tredje gang, siden de havde sat sig med udsigt over København.

'Jeg kunne godt tænke mig…' begyndte Line.

'Nå, men vi skal vel også videre? Jeg skal ind og møde nogle studiekammerater.' afbrød han.

'Studiekammerater? Går du i skole?'

'Ja, sgu. Jeg læser på Uni. Man kan ikke ændre verden med musik, smøger og bajere.'

Han talte ned til hende. Hun genkendte tonen med det samme. Magien forsvandt ud af øjeblikket.

'Det ved jeg sgu da godt. Jeg er jo ikke idiot.' brummede hun.

'Det sagde jeg heller ikke noget om.'

Han rejste sig og ville hjælpe Line op. Hun tog ikke hans hånd, men fik stavret sig op på de stive og kolde ben. De gik ned af betontrapperne uden at udveksle et ord. Han var pisseligeglad med hende. Hun havde tilladt sig at drømme et øjeblik og havde nær begået en fejl. Hun kunne ikke stole på nogen andre end sig selv. Hun kunne mærke den midlertidige ro i kroppen forsvinde. Den sivede ud af hende, for hvert skridt hun tog. Da de kom ud på gaden, ville hun skide på Rumle, hans grimme øjne og hans dumsmarte talegaver.

'Jeg skal denne her vej.' sagde han og pegede nordpå.

'Jeg skal ind til byen.' svarede Line surt.

'Skal jeg ikke have dit telefonnummer?' spurgte han friskt. De blå øjne glimtede i vintersolen. Hun havde lukket ned for hans charme. Det løb var kørt.

'Du er ikke lige min type.' vrissede Line.

'Nå, det er jeg ked af.'

Han lød helt oprigtig. Line havde allerede sine hovedtelefoner på. Hun havde også fingeren på playknappen, men trykkede den ikke ned, før hun kunne levere en sidste salve mod det prætentiøse røvhul, som hun nær var blevet forelsket i.

'Hey Rumle!'

Han stoppede op og vendte sig mod Line.

'Bauhaus er noget lortemusik. Peter Murphy kan jo ikke synge.'

Hun trykkede play og Killing Joke overtog lydbilledet. Hun kunne se Rumle forklare et eller andet, men hun kunne ikke høre ham længere. I stedet gav hun ham fingeren.

Kapitel 8.

Hun lod mønten rulle og ringede op. Telefonboksen stank af pis.

’Hallo?’

Det var hendes mor. Hun lød træt og fordrukken.

’Det er mig.’

’Er det dig, Cirkeline?’

’Stop med det pis!’

Der var stille et øjeblik. Hendes mor lød urolig. Line nød hvert et øjeblik.

’Jeg har kun en enkelt mønt, så tiden er ved at løbe ud.’

’Kom hjem, Line. Tom og jeg er så kede af det.’

Line smilede. Hendes mor lød oprigtigt ked af det, men hun nægtede at tro på, at Tom overhovedet kunne være ked af noget.

’Vi skal nok finde ud af det, Line. Bare du kommer hjem til os. Vi har også snakket om at stoppe med at drikke.’

’Mor, jeg kommer ikke hjem. Jeg ville bare lige fortælle dig det.’

Hendes mor brød sammen. Der var ingen tvivl. Den stille gråd blev til en hysterisk hulken, som gjorde Line urolig. Hendes mor prøvede at sige noget, men der kom kun grådkvalte lyde ud. Hun lød som et menneske, der gik i opløsning netop i det øjeblik. Line holdt sig for ørerne. Hun skulle lige til at sige noget til sin mor, da samtalen blev afbrudt. Line rodede ikke i lommerne efter flere mønter. Hun åbnede døren til telefonboksen og forsvandt ud i aftenmørket.

Kapitel 9.

Han var så uendelig grim. Han sad der med sine brune bukser, den islandske sweater og de fodformede sko. Hans pibe stank af gammel mand og skægget strittede i alle retninger. Håret havde han prøvet at lægge ned, men det krøllede alligevel op i nakken.

'Kan vi ikke få indledt en dialog med din mor?'

'Forstår du slet ikke, hvad jeg siger til dig, mand?' prøvede Line.

'Jo, men tror du ikke, at du bare er vred på din mor lige nu?'

'Jeg er vred på hende altid.'

Line lagde armene over kors. Hun gad ikke snakke med Ole længere.

'Hvis du nu snakker med din mor, så kan I få en sagsbehandler, som kan hjælpe dig. Så bliver det godt igen.'

'Sidder du og taler ned til mig?'

Ole så forbavset ud. Han tog et sug på piben og pustede røg ud, før han svarede.

'Det kunne jeg ikke finde på. Jeg sidder jo her, fordi jeg gerne vil hjælpe dig.'

'Ikke en skid, mand.'

Line stirrede ind i et af de andre rum. Tre unge piger sad om et stort spisebord og spillede Matador, mens de drak varm kakao. De boede midlertidigt i huset hos Børnevagten. Det ville Line også gerne prøve. Hun ville også spille Matador og drikke varm kakao.

'Kan jeg bare blive her en enkelt nat, Ole?'

Ole slap piben et øjeblik. Han kiggede over på den anden voksne, som var en kvinde, der ligesom Ole lignede et hittegodskontor fra halvfjerdserne. Hun sagde ikke noget, men hendes blik var afvisende.

'Du kan blive her og få varmen. Du kan trække en kop varm kakao i automaten på gangen. Jeg kan ikke tilbyde dig en seng, Line.'

'Så du vil hellere have, at jeg dør på gaden?'

Line smurte tykt på, men hun var ved at blive desperat. Hun havde været væk hjemmefra i fire døgn og nu var det ikke sjovt længere.

'Jeg vil gerne ringe til din mor, så vi kan få snakket med hende. Hvis hun siger god for det, så kan du sove her.'

'Du er så sjov, Ole. Jeg glemte sgu helt at grine.'

Han lænede sig frem mod Line.

'Hør nu her. Vi kan ikke bryde loven, fordi du er uvenner med din mor. Det går simpelthen ikke.'

'Nej, det går virkelig ikke. Børn må jo ikke bryde loven, vel? Voksne gør det hele tiden, men jeg må ikke få en seng, hvor jeg kan sove.'

Hun begyndte at græde. Hun havde ikke lyst til at græde, men det var ude af hendes kontrol. Tårerne fløde og mascaraen fløde med.

'Line…'

Det var kvinden, som Line ikke kunne huske navnet på. Hun havde rejst sig fra sin stol. Nu stod hun bag Line og havde lagt en hånd på hendes skulder.

'Vi er her for dig. Det skal bare gå ordentligt til.'

Line nikkede. Hun orkede ikke at skændes med dem. Et kort øjeblik overvejede hun, at lade Ole ringe til hendes mor.

'Har du brug for at komme til lægen?' spurgte Ole.

'Hvorfor?'

'Du tager ikke stoffer?'

'Slap dog af! Nej!'

'Det var godt.' sagde damen uden navn. Ole kiggede op på hende. Det var tydeligt, at Ole var klar til at bøje reglerne for en enkelt nat. Det var den navnløse dame ikke. En af de matadorspillende piger, stod pludselig i døren til kontoret.

'Pia, jeg skal bede dig om, at du lige går ind til de andre.'

Ole pegede på de to piger, der stadig sad og spillede Matador. Line kiggede op på Pia. Hun lignede en alt for ung narkoman.

'Det er dig, der er Rotten, er det ikke?'

'Jeg bad dig om at gå tilbage til de andre? Gjorde jeg ikke?'

'Jugoerne slår dig fandme ihjel, hvis de finder dig.' sagde Pia tørt.

'Nå nå, så er det heller ikke værre!' udbrød Ole chokeret.

Pia begyndte at grine.

'Det kan du sige til Dusans ansigt.'

'Men det var jo ikke mig!' klagede Line.

'Det siger de på gaden.'

'Hvem er DE?' prøvede Ole.

'Slap dog af, kælling. Det var jo ikke mig!' hvæsede Line.

'Hov hov hov. Vi skal tale pænt til hinanden.'

Line rejste sig.

'Jeg gider sgu da ikke at blive beskyldt for noget af en skide narkoman.'

'Så tæller vi lige til ti og slapper lidt af.' prøvede kvinden.

Line gik mod døren, der pludselig gik op.

'Så er der grillmad!'

En pædagoglignende mand holdt tre hvide poser triumferende frem. Line blev så rasende, at hun kørte armen hen over bordet og væltede alt fra kaffekopper og termokande til askebægre og en gammel rejseskrivemaskine på gulvet. Forvirringen var total. Oles pibe fløj gennem rummet og den tilstødte pædagog måtte gribe fat i Ole, så han ikke væltede omkuld med sin stol. Pia og hendes to veninder begyndte at skrige af Line. Hun havde allerede sin hovedtelefoner på, så hun ville skide på, hvad de havde at sige. Den navnløse pædagog rejste sig, for at stoppe pigerne, mens Killing Joke tordnede i Lines ører. Line gik direkte mod døren, tog en af poserne med grillmad og forsvandt ud, før nogen kunne nå at stoppe hende. Da hun kom ned på Vesterbrogade, løb hun over vejen og var nær blevet kørt ned af en taxa, der i sidste øjeblik lige nåede at undvige hende. Vreden pumpede gennem Line, der løb ned ad Værnedamsvej, før nogen kunne nå at fange hende.

Da hun nåede Gammel Kongevej, løb hun ind mod byen. Hun krydsede vejen uden at blive kørt ned og løb et stykke langs Søerne. Hun stoppede ved en bænk, hvor hun satte sig for at få vejret. Duften af pommes frites fra den hvide plastpose overmandende hende, så hun tog en dyb indånding og dykkede ned i posen, så hun kunne få noget at spise.

Kapitel 10.

’Har du nogen penge?’

Line løj og rystede på hovedet. Hun frøs så meget, at hun næsten ikke kunne holde det ud. Hendes tæer, fødder og hænder gjorde ondt.

’Skal vi ikke finde en opgang at sove i?’ spurgte Vix.

’Der skal bare ikke lugte af pis. Så brækker jeg mig fandme.’ klagede Gasser. Han trak Line op fra bænken. Hendes ben fungerede ikke til at begynde med, men snart begyndte det at stikke og prikke – og hun kunne stå på fødderne uden hjælp.

’Er dette her liv, hvad du håbede på det var?’ spurgte Vix.

’Slap af, Vix! Hun har det jo ad helvede til.’ forsvarede Gasser.

’Hun burde fandme tage hjem til sin moooooaaar.’

’Slap nu af, mand!’ råbte Gasser.

De gik ned ad Istedgade. Selv luderne havde givet op for natten og fundet andre, bedre og varmere steder at tjene til føden. Kulden var nådesløs. En enkelt fyr tilbød dem noget hash af prima kvalitet, men ingen var interesserede i andet end en varm opgang.

’Vi skal bare op til Enghave Plads. Jeg kender en fed opgang. Der er endda en kælder.’ sagde Gasser.

’Hvorfor siger du først noget om den nu?’ klagede Vix.

’Nok fordi jeg først lige kom i tanke om den nu.’

To fyre i kedeldragter kom ud fra et værtshus. Den ene tændte en smøg, mens den anden pegede mod de tre forhutlede unge mennesker.

'Punken er død!' råbte den ene.

'Få jer et arbejde!' råbte den anden.

De gik bare videre, selv om Vix gjorde mine til at stoppe. Gasser trak hende videre, for det sidste han havde brug for lige nu, var at få tæsk af to fulde arbejdere i kedeldragter.

'Er vi der ikke snart?'

Lines tænder klaprede så voldsomt, at hun næsten ikke kunne tale.

'Det er lige heroppe!' sagde Gasser. De tog et højresving ned ad en sidevej og straks efter stod de i en mørk opgang.

'I skal ikke tænde lyset. Så ved folk bare, at der er nogen i opgangen.' advarede Gasser.

Han gik bag om trappen, der ellers førte hele vejen op til sjette etage. Bag trappen var en dobbeltlem, hvor Gasser kun åbnede den ene af lågerne. En lille stejl trappe førte ned i et endnu dybere mørke end der allerede var i opgangen.

'Det er denne her vej.'

Normalt ville Line ikke være kravlet ned i en sort kælder, men hun frøs så meget, at hun bare gjorde, hvad Gasser sagde, hun skulle. De famlede rundt i kælderen, indtil Gasser fik trukket dem i den rigtige retning. Øjeblikket efter var de i et lille rum, hvor varmen buldrede så voldsomt, at de næsten ikke kunne trække vejret.

'Det er varmekedlerne. I må ikke gå for tæt på dem.'

De gik et par meter videre, hvor endnu et lille rum manifesterede sig i mørket. Et dæksel dækkede gulvet af den ene side af rummet. Den anden halvdel var hård beton. Her satte de sig på række og begyndte at trække vejret. Varmen var ulidelig og alting gjorde ondt. Line følte en smerte i sin kolde krop, som hun aldrig havde oplevet før. Ingen af de tre sagde noget, men de græd alle sammen. Ingen havde forestillet sig, hvor forfærdeligt varmen kunne føles, når man var så gennemkold.

Efter et par minutter kunne de tage deres jakker af. Gasser løftede den ene halvdel af dækslet, som var delt på midten. Her pissede han så direkte ned i hullet, hvor rørene under dækslet nu engang førte hen. Pigerne skiftedes til at holde fat i hinanden, så de kunne sidde på hug og tisse, inden Gasser til sidst lukkede dækslet.

'Her har vi det sgu da skide godt!' proklamerede Vix.

'Det er svedhytten.' grinede Gasser.

'Skal det ikke være vores særlige sted? spurgte Vix.

'Vi kan bare kun kommer her om natten. Ellers opdager de os sgu.' sagde Gasser.

Line sagde ikke noget. Hun savnede sin seng, en tallerken varm mad og sin samling af kassettebånd, der muligvis kun talte 4-5 bånd – men lige i det øjeblik, var det hvad hun savnede mest.

'Jeg er så sulten, at jeg kunne spise af Poul Schlüters tallerken.' sagde Vix.

De begyndte alle tre at grine.

’Jeg er så træt, at jeg kunne finde på at få mig et arbejde.’ sagde Gasser.

De grinede endnu højere.

Jeg er så sulten, at jeg kunne finde på at lytte til Shu-bi-dua!’ prøvede Line.

Der blev stadig grinet.

’Jeg er så sulten, at jeg ville bolle med Shu-bi-dua!’ sagde Vix.

Latteren ville ingen ende tage.

’… også ham sangeren?’ spurgte Line grinende.

’Ja, sgu! Især ham!’

Gasser nærmest græd af grin. Han hostede og havde svært ved at få luft, men grinede alligevel. Som sekunder blev til minutter, blev grin til tavshed.

’Hvorfor tager du ikke bare hjem, Rotte?’ spurgte Gasser.

Line svarede ham ikke. Hun brød sig ikke om, hvordan latter pludselig var blevet til alvor.

’Det kan sgu da ikke være værre end dette her?’ kom det fra Vix.

’Tro mig, det er meget værre!’

Der blev for et øjeblik stille i det lille kælderrum.

’Boller han dig? Din stedfar?’

Det var Vix igen.

’Styr lige dit handicap! Selvfølgelig gør han ikke det.’

Vix tog fat i Lines hånd.

’Hvorfor er livet derhjemme så værre end at sidde i en kælder med frost i røven og nul mad i maven?’

Line sukkede. Hun vidste godt, at hendes problemer sikkert ville lyde latterlige. At de nok bare var småting for Vix og Gasser. Nu forholdt det sig bare imidlertid sådan, at hun ikke syntes, at det var latterligt overhovedet. At nogen havde det værre, gjorde ikke noget hjemmeliv bedre for Line.

'Fordi jeg ikke kan få lov til at være mig.'

Gasser rømmede sig. Varmen satte sig i halsen.

'Hvem kan du så få lov til at være?'

'Er det ikke lige meget, hvis jeg ikke kan få lov til at være mig selv?'

Det havde hverken Gasser eller Vix et godt svar på. De sad alle sammen og var både sultne – men nu også tørstige af al den varme.

'Behøver vi også at snakke om mit liv? spurgte Line.

Hun følte et behov for at forsvare sig. De to andre svarede ikke. Line kunne ikke blive klog på, om de nu var sure på hende. Det kunne hun ikke gøre noget ved. De følte, at hun havde et valg, men hun vidste bedre. Der var ikke et andet liv for hende end livet på gaden.

Kapitel 11.

Line sad på en trappesten i Pisserenden og så på to mænd, der sloges om en hund, som de begge mente, var deres kæledyr. En ældre mand havde prøvet at skille dem ad, men det havde kun gjort ondt værre. De var begge berusede, vrede og ville slå og sparke sig til ejerskabet af hunden, som sad bundet til et gelænder og gloede på de to mænd.

'Hvad fanden foregår der?'

Det var Iggy, der stak hovedet frem fra sin kælderbutik. Hun lavede piercinger, solgte smykker og spurgte man pænt, havde hun også punk makeup fra London, som hun kun solgte til dem, hun virkelig godt kunne lide.

'De slås om den hund, der sidder derovre!'

Iggy kom op fra kælderen, tændte en smøg og bød en til Line, der takkede nej.

'Det er jo ikke engang en rigtig slåskamp.' stønnede Iggy.

Line rystede på hovedet. Smerten i øret meldte sig med det samme

'Gør det ondt?'

Iggy tjekkede sit eget håndværk. Piercing nummer ni og ti var skudt ind i Lines højre øre. Hun havde kun otte i venstre øre, men hun havde ikke penge til mere end to huller til det ene øre.

'Jeg dupper det lige igen. Du skal fandme holde dine ører rene, Rotte.'

Iggy dykkede ned i kælderbutikken, mens Line fortsatte med at se på den komiske slåskamp. Begge kamphaner ramte ret meget ved siden af, men energien havde de endnu. Iggy kom tilbage med lidt vat, der var dyppet i brintoverilte. Hun duppede det ømme øre.

’Rotte! Henter du ikke fire øl i kiosken?’

’Må jeg ikke købe en sodavand?’

’Hvis du er for fin til at drikke øl.’

Iggy rakte Line en tyvekroneseddel. Line gloede stadig på slåskampen, mens hun gik tre butikker længere ned af Sankt Peder Stræde, hvor en lille kiosk huserede i en kælderbutik.

’Jeg skal bede om tre Tuborg og en Pepsi’ bestilte Line kækt.

Den gamle kioskejer studerede Line et øjeblik.

’Iggy har sendt mig! Colaen er til mig.’ forklarede Line.

Hun betalte og smuttede tilbage med de fire flasker i en lille gennemsigtig plastpose, hvor der stod Faxe Fad med guldskrift. Iggy tog imod posen, rakte Line hendes Pepsi og trak to af øllerne frem, før hun gik ud på gaden.

’Tror de to herrer ikke, at de skal holde en lille pause? Jeg har lidt vådt med til ganerne.’

De to mænd stoppede øjeblikkeligt, da de hørte den svage klirren fra de to ølflasker. Det var et syn for Line at opleve, hvordan en kvinde klædt i læder med piercinger og vildt sort hår kunne stoppe de to kamphaner med så lidt anstrengelse.

’Så kan man måske få ro til sit arbejde.’ sagde Iggy og blinkede til Line, da hun gik forbi hende og tilbage til kælderbutikken.

Line åbnede sin cola ved at banke kapslen af på gelænderet. Hun tog en enkelt tår og mærkede med det samme sulten, der meldte sig, så snart hun drak noget. Hun fulgte med Iggy ned i butikken.

’Nu, hvor du ikke har nogen penge, kan du så ikke gøre dig selv nyttig i butikken?’ spurgte Iggy, da Line kom ned af trappen.

’Hvad kan jeg gøre?’

’Der står en støvsuger i baglokalet. Gider du støvsuge?’

Line nærmest løb ind i baglokalet af ren begejstring.

’Uden at vælte mine udstillinger, tak!’ kom det fra Iggy.

To timer senere var det lukketid. I den mellemliggende periode havde Line støvsuget, pudset glasset i diverse montrer og monteret lædersnore på et dusin nittearmbånd.

’Så er det gå-hjem tid.’ sagde Iggy, da hun havde trukket skiltet med priser på piercinger ned i butikken.

’Tak for en hyggelig dag.’ sagde Line.

Hun tog sin jakke på, mens Iggy slukkede lyset i butikken.

’Hvor er hjem for dig, Rotte?’

’Det ved jeg ikke.’ svarede Line ærligt.

Hun gad ikke lyve for Iggy, som altid behandlede hende ordentligt.

’Bor du virkelig på gaden? Det er jo frostgrader!’

’Jeg skal nok finde et sted.’

Line var på vej ud ad døren, da Iggy greb fat i ærmet på hendes læderjakke.

'Du får 100 kroner for dit arbejde i dag. Hvis du mangler penge, så kan du montere smykker og hjælpe mig i butikken et par gange om ugen. Jeg kan ikke give dig en rigtig løn, men her i kvarteret hjælper man hinanden.

Line rakte ud efter de 100 kroner, som Iggy havde i hånden. Iggy gav ikke slip, men stirrede Line direkte i øjnene. Hendes blik var koldt og hårdt. Hun kendte alt til livet. Det var Line ikke i tvivl om.

'Kunne du spise en gang fransk løgsuppe?'

'Jeg har aldrig smagt det.'

Iggy vurderede situationen et øjeblik.

'Du får min sofa i nat. Du laver løgsuppen. Jeg instruerer dig.'

Line smilede stort.

Kapitel 12.

'Hvad synes du så?'

Line slubrede suppen. Den var varm og mild. Det var på ingen måde, hvad hun havde forestillet sig.

'Det smager godt!'

'Du var også virkelig god.'

De sad og dyppede ristet brød med smeltet ost ned i suppen. Line kiggede sig omkring i den skæve lejlighed. De var helt oppe under taget på 6. sal i Hyskenstræde.

'Var det ikke svært at få sådan en lejlighed?'

Iggy rystede på hovedet, mens hun tyggede af munden.

’Nej, der er toilet og bad i kælderen. Det trak prisen ned.’

Line nød varmen, stearinlysene og den lille lejlighed med det skæve gulv.

’Jeg kunne sagtens bo her resten af livet!’ udbrød hun.

’Nu skal du ikke komme for godt i gang.’ grinede Iggy.

Hun rejste sig og hentede to øl i køleskabet. De to øl blev åbnet mod hinanden og Iggy stillede den ene foran Line.

’Jeg drikker ikke!’ protesterede Line.

’Man drikker ikke sodavand til løgsuppe’ insisterede Iggy.

Line kiggede på den grønne flaske.

’Drikker man egentlig ikke rødvin til løgsuppe?’

’Hold kæft og drik din bajer!’

De begyndte at grine. Løgsuppen føltes varm, blød og fuld af energi. Line kunne spise fransk løgsuppe hver dag, hvis hun måtte.

Efter maden tog Line opvasken, mens Iggy gjorde kassen op fra butikken. Iggy havde sat en plade på med musik, som Line ikke kendte. Hun kunne rigtig godt lide de drømmende lyde og den rolige sang, men ville ikke forstyrre Iggy med en masse spørgsmål om musikken. Da Line havde klaret opvasken, satte hun sig i den dybe og meget bløde sofa, der var rummets største og mest kluntede møbel. Hun kiggede på reolen med stereoanlæg, plader og bøger. Iggy havde ikke fjernsyn i nogen af lejlighedens to rum. Det ene var soveværelset. Det andet rum var kombineret stue, spisestue og et interimistisk indrettet køkken.

'Kan du ikke sende nogle af dine venner ned til mig i butikken?'
kom det pludselig fra Iggy.

Line kiggede op fra sofaen.

'Jeg har så mange ting, som jeg gerne vil have solgt.'

'Mine venner har aldrig nogen penge.'

Iggy begyndte at grine.

'Så skal du ikke sende dem forbi mig.'

Line lod sig falde tilbage i sofaen. Iggy havde rejst sig fra
spisebordet og satte sig i en lænestol ved siden af sofaen.

'Hvorfor har du ikke et fjernsyn?'

'Jeg gider ikke se fjernsyn.'

Line nikkede.

'Hvad lytter vi til?'

Iggy rejste sig fra stolen og hentede omslaget til pladen. Hun
rakte det brunlige cover frem mod Line.

'Cocteau Twins.' læste Line for sig selv.

De sad og lyttede til musikken, indtil Iggy rejste sig for at vende
pladen.

'Rotte, du ved godt, at livet kun er, hvad man gør det til, ikke?

Line lå på sofaen med coveret til pladen i hånden.

'Du behøver ikke at lytte til dine forældre, dine skolelærere eller
nogen andre. Du behøver heller ikke at rende rundt i røven af folk
som Vix. Du kan være dig selv, uden at være en del af deres
verden.'

Line satte sig op i sofaen.

’Hvad mener du?’

’Vix og hendes slags. De har en forestilling om en verden, der aldrig kommer til at ende godt. De vil hellere brænde hele lortet ned end at acceptere, at andre tænker anderledes end dem.’

Iggy hentede en øl mere i køleskabet. Denne her gang bød hun ikke Line noget.

’Man kan kun være sur på verden for en tid. På et eller andet tidspunkt, må man bare komme videre. Ellers er man bare sur og vred hele livet.’

Line rynkede panden, mens Iggy fortsatte.

’Vi har alle sammen nogen, som vi er vrede på. Det er kun vrede og ikke andet. Hvis du holder fast på vreden, bliver du uforsonlig og så opsøger du vreden og hadet hele tiden.’

’Jeg gider ikke at være vred hele tiden.’ konstaterede Line.

’Dine venner har også haft et valg. Min mor bor i Brønshøj. Hendes nabo er mor til Vix. Hun ventede bare på, at Vix kom hjem, så de kunne løse problemerne.’

’Hvad skete der så?’

’Ikke noget. Vix render jo rundt og er vred på verden.’

Line nikkede.

’… men hun havde et valg, Rotte. Hun er ikke så hård, som hun gerne vil have dig til at tro. Det er skuespil.’

Line brød sig ikke om at høre, hvad Iggy fortalte hende.

Omvendt følte hun også, at Vix havde presset hende til at tage hjem af flere omgange, så hun ville alligevel gerne høre, hvad Iggy havde at sige.

'Det jeg prøver at sige er, at man har råd til at spille skuespil, når man stadig har en mulighed for at tage hjem. Men hvis man er vred hele tiden, så forsvinder mulighederne. Så bliver skuespillet virkelighed og så kan man måske ikke komme ud af det igen?'

Line forstod ikke det hele, men hun forstod nok til at vide, at Iggy ville hende det bedste.

'Jeg har ikke lyst til at tage hjem til min mor.'

Iggy rejste sig.

'Så lad være.'

Line kiggede spørgende på Iggy.

'Men husk at give slip på vreden, før den ejer dig.'

Line rejste sig fra sofaen. Hun lod blikket køre hen over bogreolen. Hun genkendte ikke mange af forfatterne eller titlerne.

Iggy stod over kaffemaskinen og var i gang med at lave en kop kaffe.

'Har du noget Michael Strunge?' spurgte Line nysgerrigt.

'Strunge? Nej, ellers tak!'

Line stod og bladrede i en bog fyldt med antifascistiske tekster.

'Er der noget galt med Strunge?'

Iggy fnøs.

'Der er alt muligt galt med Strunge! Han er en bedrager pakket ind i påtaget punk og dumsmarte bemærkninger.'

Line stod med åben mund. Hun elskede Strunge, som hun havde læst en hel del på skolebiblioteket. Hele hans opfattelse af verden talte til Line.

'Han bor i øvrigt også i Brønshøj med væg til væg-tæpper og et kakkelbord.'

Line begyndte at grine. Hun troede, det var en vittighed. Iggy tændte en smøg, mens kaffemaskinen rallede og spruttede.

'Man skal tage skoene af, når man besøger Michael Strunge.'

'Slap dog af!' røg det ud af Line.

'Han handler i Brugsen og samler på dividendemærker.'

Line begyndte at grine.

'Det er det jeg prøver at fortælle dig, Rotte. Du skal tage ejerskab af dit eget liv. De andre, som du ser op til, lever i en verden, som de har skabt med løgn og vrede.'

Line nikkede. Måske hun forstod det hele alligevel.

Kapitel 13.

Line nærmest lå ned på sædet i S-toget. Hendes ene støvle hvilede på det store sølvaskebæger, der hang på væggen ved samtlige indhak af sæderækker i toget. Den anden støvle sparkede til kanten af askebægeret, hvor det tunge låg løftede sig op og ned. Klik-klik. Klik-klik. Bag de orange skumgummidimser, der beskyttede Lines ører mod den hårde plast fra hovedtelefonerne, bragede The Chameleons ud med hårde guitar riffs, vrede vokaler og hårdslående trommer. Kassettebåndet havde hun stjålet fra en butik i Købmagergade, der naivt lod kassetterne stå i deres omslag i udstillingen. Line havde med fuldt overlæg væltet en udstilling af pap, der forestillede den seneste rædsel af en udgivelse fra Dire Straits. Hun havde undskyldt uheldet over for ekspedienten, der anstrengt accepterede undskyldningen og kæmpede med den store papfigur, mens The Chameleons, i ekspedientens fravær, forsvandt ned i Lines jakkelomme. Hun havde stjålet fire Yankie-barer og en æske grøn Spunk i en Brugsen ved Nørreport efter samme fremgangsmetode. Nu lå hun i S-toget med kurs mod Vallensbæk og åd Yankie Bar samtidig med, at Mark Burgess sang sit mismod over planetens tilstand ud i hendes ører. Da toget nåede Vallensbæk, rejste Line sig dovent fra sædet. En ældre dame stirrede på Line og derefter på papirerne fra to af chokoladebarerne, som Line havde smidt på sædet. Line fastholdt damens blik, mens hun med støvlen på sædet sparkede emballagen på gulvet.

Den ældre dame gispede, mens Line smilende forlod toget. Hvis folk havde fordomme om hende, kunne hun lige så godt indfri så mange af dem som muligt. Hun nåede kun lige ud af stationscenteret, før hun så Smølfen. En lille dreng, som hun ikke anede, hvad hed i virkeligheden. Han var blevet velsignet med to kæmpe blå modermærker i ansigtet, så alle kaldte ham for Smølfen. Han var samtidig født for tidligt, så ingen vidste, om han var syv eller tolv år. Han var bare Smølfen.

'Line! Line!'

Smølfen rendte i røven af Line, som var hun den første hvide kvinde til at besøge et stammesamfund i det mørke Afrika. Da han havde kaldt tyve gange, stoppede Line op.

'Hvad vil du, Smølf?'

Smølfen trak vejret tungt. Hans små lunger havde været på overarbejde efter at have jagtet Line over tyve meter.

'Spyt nu ud, spasser.'

Line gad ikke vente på, at den lille dreng fik luft nok til at sige noget fornuftigt, så hun vendte rundt på hælene og gik videre.

'Din far er i fængsel!' nærmest råbte Smølfen.

Line stoppede op. Hun kendte ikke sin far. Hun kendte Tom, men han kunne da ikke være røget i fængsel – eller kunne han?

'Den er god nok! Han blev anholdt hjemme hos din mor. Jeg så det selv.'

'Er du sikker? Jeg smadrer dig, hvis du lyver.'

'Bombesikker! Der var blå blink, manner. Han kom ud i håndjern og var edderspændt rasende.' triumferede Smølfen.

Line smilede. Kunne det virkelig være rigtigt? Tom havde solgt så meget hash gennem tiden, at han mindst burde få to livstidsdomme. Det ville være så smukt. Line klappede Smølfen på hovedet. De gik side om side mod tunnelen, der førte under motorvejen og mod Vejlegårdsparken. Stedet hvor drømme blev til lort.

'Din mor er ikke hjemme. Hun sidder på Knægten.'

'Du er da godt nok fuld af gode informationer.' svarede Line imponeret.

Hun stak Smølfen en femkrone, som han tog imod, som havde han fået overrakt nøglerne til Amalienborg.

'Pis så af med dig.'

Det gjorde han så. Han løb så hurtigt, som hans små ben kunne bære ham. Line gik mod Knægten, som var hendes mors stamværtshus. Et sted, hvor alle kendte hinanden – og ingen ville være ved det. Knægten lå i stueplan i en af de grå betonboligblokke. Det hed oprindeligt Kongen & Knægten, men nogen havde stjålet halvdelen af skiltet, så det havde været Knægten, så længe Line kunne huske tilbage. Når man trådte ind på Knægten, skiftede det kolde udseende af beton på ydersiden friskt til brune vægge, brune møbler og et gulvtæppe, som bedst kunne beskrives som skident brunt. Med andre ord savnede man betonen fem sekunder efter, at man var trådt ind.

Lydene var letgenkendelige. Billardkøer, der smækkede mod baller. Glas, der klirrede. Terninger, der ramte de hårde brune overflader. Lyden af fulde mennesker, der prøvede at overdøve en jukebox, der havde givet op på tilværelsen og nu kun kunne spille John Mogensen, Liller og Peter Belli. Da Line trådte ind, prøvede en dreng forgæves at afregne med Peter Belli, der insisterede på at undgå alle former for papirarbejde.

'Så for satan!' kom det fra en af drukkenboltene, der sad ved siden af Lines mor.

'Det er sgu din datter. Hun er ikke død alligevel.' sagde Torben, der drak det tvivlsomme overskud op, som han tjente på at eje Knægten.

Sekunder senere stod Line ansigt til ansigt med det hønefulde kvindemenneske, der havde ageret hjem for Line de første ni måneder af hendes eksistens. Siden da havde hendes evner udi kunsten at være mor været til at overse.

'Hold nu kæft, hvor er jeg glad for at se dig.' snøvlede hendes mor, mens hun kæmpede med balancen på barstolen. Et desperat forsøg på et kram blev undveget af Line.

'Har du en nøgle til lejligheden? Jeg er træt.' sagde Line knastørt.

'Du skal sgu da have en sodavand og nogle pomser. Ligesom da du var min lille Cirkeline.'

Line undveg endnu et svagt forsøg på et kram. Hun ville hverken have Jolly Cola eller Pommes Frites. Hun ville til gengæld gerne have en nøgle til lejligheden, hvor hendes ting ventede på hende.

’Du er sgu blevet en stor pige.’ sagde drukkenbolten, som Line genkendte uden at kunne huske navnet på.

’Slap nu lidt af, John. Hun er jo et barn.’ råbte Torben samtidig med, at John Mogensen postulerede at Dybbøl Mølle var vitterlighedsvidne for landets tilstand.

’Et barn? Jeg ser sgu en flot pikmoden kvinde foran mig.’ fortsatte svinet, der åbenbart lystrede navnet John.

’Det er altså min datter, som du taler om. Man skal tale pænt om andre mennesker.’ snøvlede Lines mor.

John rodede efter mønter i lommen og rakte dem ud mod Line.

’Så kan du lige ringe, når du bliver gammel nok. Så skal jeg satme nok lige…’

Hele holdet af fulde idioter brød ud i samlet latter. Line tog mønterne og forlod bardisken. Hun lokaliserede jukeboxen, der slet ikke var færdig med at give John Mogensen en sæbekasse at stå på. Line skimmede udvalget af sange og fandt et enkelt nummer, som var anderledes end alle de andre. Snart efter brød Paul Weller ud i glad sang, mens han sang om en by ved navn Malice. Musikken bragede ud i det tilrøgede rum, hvor John pludselig brød ud i en slags dans, der mest af alt lignede et anfald af en slags. Lines mor vrikkede med røven, så Line begyndte at grine – og det satte straks Johns underliv i bevægelse på en måde, der var lige dele fascinerende og frastødende. Bjarne ringede med klokken. Han gav en omgang og jubelen ville ingen ende tage.

Line stod midt på gulvet og hoppede rundt, som en anden glad idiot, der var blevet overmandet af en akut lyst til at danse med hele kroppen. Da nummeret stoppede, lod Line sig falde til gulvet og hendes krop ramte det klamme, fedtede men meget bløde gulvtæppe. Stilheden var larmende i et par sekunder, før John brød ind med:

'Pikmoden! Jeg sagde det jo.' mens han stod med begge hænder på Lines mors bryster.

Kapitel 14.

Line kiggede op i loftet. Det havde været hvidt, da de flyttede ind, men tobaksrøgen og den manglende udluftning havde givet loftet en ulækker nikotingul farve. Hun hadede, at den gule farve var sneget ind på hendes værelse, men hvad kunne hun gøre? Både hendes mor og Tom samt venner, bekendte og kunder røg i lejligheden dagen lang. Ingen åbnede et vindue, så Lines værelse var blevet penetreret af den gule nikotin, der havde udset sig loftet som første mål. Line steg ud af sengen og tog et par jeans på, der lå og flød på gulvet. Hun anede ikke, om de var rene eller beskidte, men skulle hun gætte, ville hun hælde mod, at de sorte jeans ikke havde set en vaskemaskine i flere måneder. Hele hendes værelse lignede et bombet lokum, hvor tøj, sko og skoleting flød i bunker på gulvet. Hun havde udover et garderobeskab, der flød med ting fra hendes barndom, kun et enkelt møbel mere i rummet. Hendes seng, hvor det brune sengetøj fungerede som kamoflage for en tur i vaskemaskinen. Lines mor hadede vaskeriet, der ellers lå lige ved deres opgang, så hun besøgte det kun nødtvunget, når alt tøj var blevet vendt og genbrugt flere gange. Line havde intet behov for rent tøj. Hun stjal lidt undertøj i Brugsen, der havde trusser i fem-pak. De var ikke dyre, hvis man betalte for dem, men det gjorde Line ikke, for hun havde sjældent penge til den slags fornødenheder. Line fandt en T-shirt, hvor ærmerne var klippet af.

Et billede af Kermit, der gav Miss Piggy en baghyler, prydede fronten af blusen, der engang havde været sort, men nu var grå og ulækker. Hun gik ud i gangen, hvor hun sparkede til en stak breve, der var smidt ind ad sprækken i hoveddøren. Det var sikkert bare regninger alligevel og ingen af de voksne gjorde meget ud af at betale den slags. Da hun nåede stuen, sad hendes mor i lænestolen og rullede smøger. Hun havde en natkjole på, der var fire forskellige slags ulækker, men Line gad ikke kommentere på sin mors påklædning, så længe hun selv lignede en røv, der var træt af at skide.

'Der står basser på køkkenbordet og der er kakaomælk i køleskabet.' hviskede Lines mor, mens hun med en smøg i munden pegede mod køkkenet, skulle Line have glemt, på de få dage hun havde været væk, hvor køkkenet lå.

Line trak et klistret stykke wienerbrød ud af posen og tog kakaokartonen ud af køleskabet. Hun satte sig i vindueskarmen og åd wienerbrødet, mens hun drak fra kartonen. Den kolde kakaomælk føltes fantastisk i maven.

'Du må ikke vække John. Han bliver så let morgensur.'

Lines mor nikkede mod sofaen, hvor John lå, som Vorherre havde skabt ham. Uden en trevl på kroppen med alt for lange testikler til den alt for runkne pik.

'Slap dog af!' sagde Line.

Hendes mor grinede.

'Han orkede ikke at tage tøjet på igen…'

’Tak for det, mor.’ grinede Line.

Lines mor grinede videre.

’Hvad er der sket med Tom?’ spurgte Line, da hun havde drukket alt kakaomælken.

’Han røg ind. Han kommer ikke ud lige med det samme. De fandt ti kilo i hans bil.’

’Hold da helt kæft!’ udbrød Line.

’Jeg har alle hans penge, men jeg tør sgu ikke røre dem. Hvad nu hvis der kommer nogen og spørger efter dem?’

’Hvem skulle det være?’ spurgte Line.

’Rockere? Jugoer?’

’Jugoerne tør sgu ikke komme herud. De er nogle spassere!’ proklamerede Line.

Hendes mor nikkede.

’Hvor mange gysser er der?’ spurgte Line.

’Der er mange. Rigtig mange. To sække fyldt med sedler og tre sække med mønter.’

Line nikkede bare. Hun gad godt at nakke bare en af de poser, selv om hendes mor ville tæve hende gul og blå, hvis hun gjorde det.

’Du kan godt glemme det, Cirkeline. Det er ikke vores penge.’

Line rejste sig fra vindueskarmen. Hun vidste godt, hvor hendes mor gemte pengene. Om et par timer ville hendes mor sidde på Knægten. Så ville Line gå på jagt.

Kapitel 15.

Om eftermiddagen stod Line i kælderrummet. Hun skulle blot flytte to papkasser, der engang havde været emballage for to højtalere, der nu stod i stuen og samlede støv. Sækkene var store stofsække, der havde været brugt til hele kaffebønner. Line åbnede forsigtigt den første sæk, der var fyldt med 10-krone mønter. Hun tog en håndfuld og stak i lommen på læderjakken. Der var flere end de fem sække, som hendes mor havde påstået. Der var mindst ti sække, så Line løftede forsigtigt på sækkene, indtil hun fandt en, der var lettere end dem, der kun indeholdt mønter. Her måtte hun lige kigge en ekstra gang, før hun stak hånden ned og greb en stak sedler, der lå blandede i den fyldte sæk. Det var næsten kun 100-kronesedler, som hun fiskede frem, men et par enkelte 500-kroner eller firben, som Tom kaldte dem, stak ud af stakken. Line stak pengene i lommen på jakken, pakkede sækkene væk og satte nøjsomt kasserne tilbage, hvor de havde stået før. Snart stod hun foran deres opgang, hvor hun satte i løb ned mod stationen. Hun indløste ikke billet med nogle af de værdifulde mønter, der ellers raslede lystigt i lommen, da hun nåede op på stationen. Et øjeblik senere kom toget mod København. Line spejdede efter en tom kupé. Klokken var kun lige blevet to om eftermiddagen, så det var ikke svært at finde fred og ro ombord på S-toget. Hun satte sig på sædet, trak sedlerne op af lommen og gik i gang med at sortere og distribuere dem. Nogle sedler endte i hendes jeans, andre i inderlommen på læderjakken.

De sidste sedler stoppede hun ned i støvlerne. Da hun fik begge støvler på igen, satte hun sig tilbage i sædet. Hun var rig. Hun var psykopat-rig. Hun steg derfor af toget på Vesterport med en følelse af, at hun kunne eje hele verden. Ikke at hun gad eje særlig meget af den alligevel. Hun skuttede sig mod vinden, da hun kom op på gaden og krydsede Hammerichsgade og gik mod Palads Biograferne. Da hun kom ind i varmen, blev hun mødt af duften af varme popcorn, som nærmest overvældede hende. Hun gik til billetlugen, scannede plakaterne og bestilte en billet til Bad Boys, som lignede en film, der kunne holde hende vågen mere end fem minutter. Efter at have indkøbt to af de store bøtter med popcorn og en cola, der matchede det forestående saltindtag, satte Line sig ind i biografmørket, åd popcorn til hun var ved at brække sig og faldt i søvn.

'Hey du! Du kan ikke sidde herinde og sove.'

Det var en fyr, der bar en hvid skjorte med en isbjørn på. Line tog fødderne ned fra sædet foran hende. Filmen havde været slut i over en time.

'Jeg mener det. Du skal smutte ud nu.'

Han pegede mod de tunge døre, der ledte direkte ud i mørket til Hammerichsgade. Da Line ikke reagerede, puffede han til hende med bagsiden af hånden.

'Slap dog af, spasser.' snerrede Line.

Det fik fyren til at trække hånden til sig. Line rejste sig dovent og forlod det varme og trygge mørke - for et langt koldere mørke.

Hun stampede lidt rundt, for at få gang i blodomløbet, før hun begav sig mod Vesterbrogade. Da hun nåede Cinema 1-8, smuttede hun ind i foyeren, hvor spillemaskinerne bimlede og bamlede. Hun fik med det samme øje på Gasser, der stod og havde en privat samtale med en ældre herre, der virkede anmassende.

'Er det din far?' spurgte Line, da hun kom tættere på.

Gasser så helt forskrækket ud.

'Hej Rotte! Nej, det er ikke min far. Han er…'

'Hvad?'

Den ældre mand trak sig væk fra Gasser og Line. Snart efter havde han forladt biografens foyer.

'Han er bare en klam stodder.' sukkede Gasser.

'Har du set Vix?' spurgte Line.

'Næh, det er et par dage siden.' sagde han nonchalant.

'Er I ikke sammen mere?' spurgte Line nysgerrigt.

Han kiggede væk. Han gad ikke snakke med hende, så hun trak to tiere ud af lommen og gav ham. Han tog imod pengene med en småirriteret facon.

'Det er kompliceret, Rotte. Du skal tage hjem til Ishøj med dig. Du hører ikke til herinde.'

'Hold dog op. Jeg er ikke noget barn!'

Han stirrede på hende, før han fortsatte, hvad Line følte var uberettiget skæld ud.

'Jo, du er! Du er et barn, Rotte. Jeg kan ikke rende rundt og opdrage dig. Jeg er ikke din mor!'

Han vendte sig om og søgte mod slikbutikken, hvor han kunne veksle sine nyerhvervede mønter til enkroner.

'Hygge hejsa.' sagde Line for sig selv og gik mod udgangen.

'Rotte!'

Line vendte sig mod Gasser.

'Pas på derude! Jugoerne leder efter dig.'

Line løftede hånden som tak, før hun trak ud i den kølige novemberaften. Hun gik over Rådhuspladsen, hvor hun sparkede ud efter et par duer, der prøvede at angribe hendes støvler. Da hun nåede Burger King på Strøget, opdagede hun for sent, hvad der foregik foran butikken. To skinheads var i gang med at stampe på en fyr i jakkesæt, der lå og blødte på fortovet. Hun genkendte den ene voldsmand som Peter – en person, som hun kendte perifært fra et par fester på Vesterbro, hvor der altid kom racister og nynazister. Han genkendte til gengæld Line på en helt anden og langt mere venskabelig måde.

'Hey, stop lige.' sagde Peter til vennen, der stadig stod og sparkede til manden, der var holdt op med at bevæge sig. Nu blødte han i stilhed.

'Skal du ikke med til fest, Rotte?' spurgte Peter, da Line prøvede at gå forbi overfaldet, som om hun ikke genkendte ham overhovedet. Hun stoppede op.

'Det er Max. Han er lige kommet ud af spjældet. Vi skal til fest på Nørrebro.'

Max rakte hånden frem. Han havde et edderkoppespind tatoveret mellem tommel og pegefinger. Line gav ham hånden. Situationen var helt bizar. Hun gav aldrig hånd til nogen og slet ikke til folk, der sparkede uskyldige mænd i jakkesæt ned foran Burger King.

’Du skal ikke tage dig af ham dér. Han har lige prøvet at sælge os flormelis som kokain.’

’Det svin!’ sagde Line for ikke at føle sig udenfor.

’Du må godt losse til ham.’ sagde Max og slog inviterende hånden ud mod manden, som Line var bekymret for kunne være død.

’Nej, det er lige meget.’ svarede hun høfligt.

Max smilede til hende. Hans isse var svedig efter al den motion, som han lige havde været igennem. Han havde et sødt smil, der gik godt til den grønne bomberjakke og de hullede jeans.

’Skal vi følges ned ad Strøget? spurgte Peter.

De to voldsmænd ville gerne væk, inden politiet dukkede op. Line nikkede og de begyndte at gå.

’Jeg kan normalt ikke fordrage punkere, men Rotte hér – hun er sgu okay med mig.’ forklarede Peter.

Max nikkede.

’Går du stadig sammen med hende narkomanen?’ spurgte han Line.

’Jeg kender sgu da ikke nogen narkomaner.’

Line smilede indvendigt. Peter havde lige smadret en mand over falsk kokain, men følte sig alligevel hævet over narkomaner.

'Hende Vix dér. Hun er sgu da narkoman.'

'Gu' er hun da ej!' svarede Line højtrystet.

'Hun sutter da pik for narko.'

Peter smilede til hende, som havde han sat trumf på samtalen.

'Bare fordi du ikke kan lide andre mennesker, behøver du ikke opfinde historier om dem.' svarede Line.

Peter rystede affejende på hovedet.

Line gav ham fingeren, men han tog fat i hendes hånd og bed hende i fingeren.

'Hvad laver du? Spasser!!'

Peter grinede bare. Han var på nogle stoffer af en slags. Line kunne se det i hans øjne. Da de nåede Gammeltorv, så Peter en flok grønjakker, der stod og drak øl langs en lav væg med cykelstativer. Line gad ikke den spasser mere, så hun fortsatte videre op ad Nørregade. Til hendes overraskelse fulgte Max med.

'Hvor er du fra?' spurgte Max.

'Vallensbæk!' udbrød Line lidt for surt.

'Pomfritkysten!' grinede Max.

'Hvad for noget?'

'Brøndby Strand, Vallensbæk, Ishøj og Hundige. Pomfritkysten.'

Line begyndte at grine.

'Hvor gammel er du?' spurgte hun Max.

’Jeg er 31. Jeg har siddet inde i syv år af mit liv for vold og tyveri. Nu er det slut, mand.’

’Tror du selv på det?’

Han svarede ikke. Der var åbenbart ingen grund til at insistere på en løgn. Line tænkte, at han lignede ballade, opførte sig som ballade og nød midlertidigt kun den frihed, som balladen ville tage fra ham.

Da de nåede Nørreport Station, greb han fat i Lines jakke.

’Skal vi ikke gå ned til fotoautomaten?’

Han hentydede til automaten, der stod på perronen ved Intercitytogene. En automat, hvor folk tit sad og fixede, da frekvensen af toge var langt mindre hyppig end ved S-togene.

’Jeg gider sgu ikke stoffer. Det er ikke lige mig.’ svarede Line ærligt.

’Det gider jeg heller ikke. Jeg har bare lyst til at bolle med dig.’

Kapitel 16.

Det var blevet første december. November var kommet og gået uden, at Line havde været i skole en eneste dag. Hun savnede ikke skolen overhovedet og hun tvivlede på, at skolen savnede hende. Nu lå hun i en vandseng i Fensmarkgade, hvor hun over det seneste døgn havde bollet tre-fire gange, hvilket var tre-fire gange flere, end Line nogensinde havde haft sex. Hun var træt og øm i kroppen, men humøret var højt. Hun prøvede at sætte sig op i vandsengen, hvilket var en udfordring for hendes balanceevne. Hun havde meget svært ved at forstå, hvordan Max havde styret løjerne i sengen uden at falde overbord, for hver gang Line flyttede sig, var der høj sø.

'Har du sovet godt?'

Det var Max. Han sad i en af rummets to lænestole og røg en smøg. Han havde alt for store underbukser på. Gylpen sad skævt og han lignede en gammel bedstefar. Han var selvfølgelig også mere end dobbelt så gammel som Line, så det var måske ikke så mærkeligt.

'Hvorfor står din seng inde i stuen, når du har et soveværelse?'

Han trak på skuldrene. Line havde set soveværelset, da hun havde været oppe på toilettet om natten. Der boede kun 4-5 flyttekasser og intet andet.

'Er det din lejlighed?' spurgte hun.

'Hvis skulle det ellers være?'

'Hvordan betaler du den, når du sidder i fængsel?'

’Det gør min far. Han bebrejder sig selv for alle de dårlige ting, der er sket for mig i livet.’

Line kæmpede sig ud af sengen. Hun ledte efter sit tøj, men kunne ikke finde hverken trusser, jeans eller T-shirt. Max tog et hvæs af sin smøg og pegede på en bunke nyt tøj, der lå på sengebordet. Øverst i bunken var en pakke med trusser. Line skyndte sig at tage et par ud af æsken og hoppe i dem. Max sad bare og gloede på hende.

’Jeg har smidt dit tøj til vask. Det er i tumbleren lige nu. Line hørte en tørretumbler, der kørte fra et skab i gangen.

’Vasker du selv dit eget tøj?’ spurgte hun.

Hun var temmelig imponeret over den voksne mand. Han grinede.

’Ja, og lige nu vasker jeg også dit. Jeg købte de dér underbukser til dig. Det er de samme, som dem jeg har til vask. Der ligger en af mine gamle T-shirts og et par nye bukser, som jeg tror, at du kan passe. Line hoppede i T-shirten. Den var sort uden noget på. Bukserne var nogle blå cowboybukser, der passede hende ufattelig godt. Der sad stadig prismærke på. Næsten to hundrede kroner for et par Wrangler. Hun gispede og kiggede sig om efter sine penge.

’Tag det bare roligt. Dine penge ligger på køkkenbordet. De er der alle sammen. Du kan selv tælle efter.’

Line kiggede ned af sig selv. Hun lignede en af dullerne fra hendes klasse. Alt tøjet var helt ufarligt.

’Jeg skal ikke blande mig, men går du aldrig i bad?’

'Joh, når det passer mig. Jeg vasker mig altså hver dag.'

Han smilede til hende.

´Det var ikke nogen klage. Det var et spørgsmål. Nu kommer der et mere. Spiser du spaghetti?'

Line havde aldrig smagt spaghetti. Det var ikke noget, som man spiste hjemme hos hendes mor i Vallensbæk. Der fik man rugbrød eller kartofler. Den var ikke længere end det.

'Der ligger et håndklæde og noget damesæbe med duft ude på toilettet. Tag dig et bad. Så laver jeg mad.'

Han slukkede smøgen i et stort orange/hvidt askebæger, der reklamerede for Jägermeister.'

Line følte sig lidt dum. Hun følte sig også talt ned til, men omvendt trængte hun til et brusebad. Hendes hår var herreklamt. Hun smilede til Max og gik mod gangen, så hun kunne komme på badeværelset. Han stillede sig i døren og gav hende et kram. Det føltes mærkeligt, men hun krammede ham tilbage. Hans krop var stor og varm.

'Hvad hedder du egentlig? Du hedder vel ikke Rotte?'

De krammede stadig.

'Jeg hedder Line.'

'Hej Line!' sagde han mildt.

Kapitel 17.

Line havde ikke været udenfor en dør i to dage. Max havde været den, der rendte ud og handlede, hentede smøger og stod for madlavningen. De lå på vandsengen og så Jul i Gammelby. Det var en genudsendelse, som hele Danmark var lidt knotne over. Julekalenderen var en hellig institution og en genudsendelse var for de fleste børnefamilier under lavmålet. Line nød gensynet, der mindede hende om en lidt mere uskyldig tid i hendes tilværelse. Max kedede sig, men han havde set med alligevel. Han kæderøg cigaretter og drak en enkelt øl til maden. Han skulle snart mødes med sin kontaktperson i kriminalforsorgen, så han havde ikke travlt med at feste. Line nød lidt at være prinsesse i racistens seng. Han opvartede hende, så længe hun tog opvasken og ryddede op efter sig. De dyrkede enormt meget sex, men Line turde ikke spørge, om det var normalt. Hun fulgte bare med, så godt hun kunne – og ellers tænkte hun ikke meget over det. Hun var opmærksom på ikke at blive gravid. Hun var muligvis kun femten år gammel, men hun var selvbevidst nok til at vide, at hun ville være en endnu dårligere mor end hendes egen. Samtidig bar Line rundt på en tanke om, at hun alligevel ikke ville blive særlig gammel. Det var ikke en bekymring men mere en slags konstatering. Man kunne ikke leve det liv, som hun gerne ville leve – og samtidig passe godt på sig selv. Det kunne selv en femtenårig regne ud. Derfor passede hun på, for ingen lille unge i verden havde fortjent hende som mor.

'Skal vi ikke gå på kineseren og hente en grillkylling?' foreslog
Max.

Line gad næsten ikke at tage tøj på, men hun trængte til frisk luft
i lungerne efter at have boet flere dage i en nikotinrede. De kom
begge i tøjet. Da Max lige trådte af på naturens vegne, tjekkede
Line lommen på sin læderjakke. Alle pengene lå der endnu. Hun
havde ellers haft en mistanke om, at Max havde taget af hendes
penge. Det generede hende ikke, for hun havde haft en varm seng,
varm mad og rent tøj på kroppen, så derfor kom det en smule bag
på hende, at alle pengene stadig lå pænt foldet i hendes
jakkelomme.

Da de kom ned på gaden, skulle de ikke passere mange
gadehjørner, før de nåede kinesergrillen. Stanken af friture var
umiskendelig, da Max åbnede døren. De bestilte deres mad, skulle
have den med hjem og måtte derfor vente femten minutter. Max
bladrede igennem Ekstra Bladet, der på forsiden kunne fortælle
nyheden om, at priserne på julegaver aldrig havde været dyrere.
Line havde intet forhold til julen, der som regel blev holdt i en
syndflod af alkohol og ballade. Hendes mor var fuld lillejuleaften
og så gik det ellers ned ad bakke over de næste tre dage. Line fik
som regel sine gaver, men alt andet var kaos. Nogle juleaftener fik
de ikke engang julemad. Da maden var klar, gik de ud på gaden,
men nåede ikke længere end et par meter væk fra grillbaren.

'Nå, der er du, Rotte. Kan vi lige tale sammen?'

Dusan havde stadig et plaster på kinden. Hans kammerater stod i en kreds om ham.

'Vi gider ikke noget ballade med jer.' sagde Max.

'Du kan bare smutte hjem og heile med dine venner.' sagde en af jugoerne.

Max prøvede at bane vej gennem gruppen af drenge, men da Line skulle forbi, lukkede de af. Det lykkedes dem at separere de to og sekundet efter, havde Dusan fat om halsen på Line.

'Hvor er din veninde? Hende vil jeg gerne have en snak med.'

'Hun snakker sgu da ikke med klamme bøsser som jer.' råbte Line.

Dusan trak en springkniv, der hurtigt foldede sig ud under Lines hals. Max sendte knytnæver til højre og venstre. Ud af øjenkrogen så Line de jugoslaviske drenge, der var sprunget på Max, men alle faldt til jorden en efter en.

'Slip mig, din bøssekarl.' knurrede Line.

'Du kan da lige smage på denne her.' råbte Dusan.

Han tog kniven op foran Lines mund. Hun havde lyst til at skubbe ham væk, men turde ikke røre sig. Dusan kørte bladet hen ad Lines kind, men nåede ikke længere, før en stor hånd greb fat i hans skulder. Sekundet efter lå Dusan på jorden. Kniven fløj ud på vejen, mens Max sparkede og stampede på Dusan.

'Stop dog, Max!' råbte Line.

Han stoppede ikke. Dusans venner løb skrækslagne væk fra gadehjørnet.

De havde allerede smagt på den vrede, som Max slap løs på
Dusan. Til sidst tog Line fat i Max og havde held til at slæbe ham
et stykke væk. Han stoppede med at sparke til den livløse dreng,
hvis mindste problem lige nu var bidemærket i kinden.

Da de nåede tilbage til lejligheden, satte de sig i hver deres
lænestol med hver deres halve kylling og hver deres kasse med
halvkolde fritter. Max havde smidt posen fra sig, så der var
remoulade alle vegne, men det generede dem ikke. Nu sad han
med en kold øl til kinden, hvor en af drengene havde fået et enkelt
slag ind. Ingen af dem sagde noget, mens de spiste. Line sloges med
skruelåget på en halvliter cola, der knasede af glasskår, da hun
endelig fik åbnet den. Max hentede et kaffefilter i køkkenet og fik
filtreret de små glasskår ud af colaen, som Line nu drak af en
kæmpe tekop. Efter middagen rejste Max sig for at hente sine
smøger. Da han satte sig igen, sukkede han voldsomt.

'Dine venner fra Jugoslavien ved, hvor jeg bor.'

'De kommer da ikke igen.'

'Selvfølgelig gør de det. Næste gang er de bare endnu flere.'

Line kiggede gennem vinduet ud i aftenmørket. Det var begyndt
at sne. Hun følte en barnlig glæde, der for et øjeblik overvandt den
klump i halsen, som hun kæmpede med.

'Er du bange for dem?' spurgte hun. Hun kæmpede med
tårerne, men kiggede væk, så Max ikke kunne se dem.

'Jeg er sgu ikke bange for nogen, men jeg er bange for, hvad de gør ved dig, hvis du møder dem uden mig.'

'Så bliver jeg bare her.' protesterede Line.

Hun vidste godt, hvad han skulle til at sige.

'Du kan ikke blive boende her. De ender med at slå dig ihjel en dag.'

'Tror du?'

Hun tørrede tårerne af kinderne, mens hun tyggede på en pommes frites.

'Det ved jeg. De svin giver aldrig op.'

Line rejste sig.

'Hvor skal du hen?'

Hun prøvede at være tapper, men det var umuligt. Hun var ved at miste alting på en gang. Trygheden, roen og alt det nye ved livet, som hun var ved at finde ud af om sig selv, var bundet til livet med Max. Det havde kun været tre dage, men nu skulle alt det gode veksles tilbage til livet på gaden. Varmen ville blive til ulidelig kulde. Den fyldte mave ville snart skrige af sult. Den sejlende seng, der var tæt på at gøre hende søsyg, ville blive erstattet af kolde hårde underlag.

'Du smider mig jo ud!' vrælede Line.

Max rejste sig og lagde armene om hende.

'Jeg smider dig ikke ud. Du skal ikke gå.'

Line forstod ingenting.

’Vi skal bare finde en anden løsning. Vi kan ikke leve i frygt for, at der sker dig noget.’

Han var så rolig. Line græd som pisket og ville ikke give slip på ham. Hun knugede ham ind til sig. Han måtte heller aldrig give slip på hende.

’Der er Columbo på Sverige 1. Skal vi ikke se den?’ spurgte Max.

Line nikkede. Han satte sig i vandsengen, mens Line kravlede ind under hans store overarm. Her puttede hun sig ind til ham, indtil udmattelsen over aftenens voldsomme episoder overmandede hende.

Kapitel 18.

’Åbn op! Det er politiet!’

Max sprang ud af sengen, før Line helt forstod, hvad der foregik.

’Vågn op! Det er panserne!’

Line satte sig omtumlet op i sengen, der gyngede fra side til side. Max havde åbnet vinduet og stod med den ene fod på radiatoren.

’Hvad fanden laver du?’ spurgte hun.

Han kiggede på Line.

’Jeg kan ikke flygte denne her vej.’ konstaterede han, mens han kiggede ud ad vinduet.

’Det siger du ikke? Vi er på tredje sal, din spasser!’

Lines stemme var tæt på hysterisk. Politifolkene fortsatte deres insisterende knytnæveslag på døren.

'Jeg ryger direkte tilbage i spjældet!' udbrød Max desperat.

Line begyndte at græde samtidig med, at en betjent sparkede hoveddøren op. Sekundet efter stod der tre betjente i stuen. De var klædt i grå kampuniformer. Urobetjente hele bundtet!

'Jeg overgiver mig!' prøvede Max.

Han fik kun lige gjort sætningen færdig, før den ene betjent slog ham med en knippel. Max blev stående, men snart efter bankede alle tre betjente på ham. Line skreg, men ingen tog særlig notits af hende. Efter hvad der føltes som en uendelighed, stoppede slagene mod Max. Han blev lagt i håndjern, mens en betjent fik ham op på benene. Han blødte fra øjenbrynet og underlæben.

'Hvad fanden laver I?' skreg Line i en blanding af gråd og raseri.

En betjent i normal politiuniform trådte ind. Den ene urobetjent nikkede til ham. De havde pacificeret truslen.

'Max Jensen! Du er anholdt for vold med døden til følge på Dusan Mitrovic!'

Line sad i chok. Hun kunne høre sin egen stemme skrige i raseri, men det var som om, at der var en anden, der havde overtaget hendes krop og stemme. Hendes hjerne stod helt stille og kun øjnene så til, mens betjentene slæbte Max væk. En af betjentene sagde noget til Line, men hun kunne ikke høre ham. Øjeblikket senere sad hun alene tilbage i lejligheden. Hun anede ikke, hvad hun skulle stille op med sig selv.

Efter et brusebad, som hun havde taget overraskende mange af i de få dage, hun havde boet hos Max, satte Line sig op i vindueskarmen. Hun bildte sig selv ind, at alle dem, der gik forbi nede på gaden, kiggede op på hende. Samtidig kørte tingene rundt i hendes hoved. Var Dusan virkelig død? Kunne Max slippe for fængsel, hvis det havde været selvforsvar? Hun følte sig pludselig som en 15-årig, der intet vidste om voksenlivet og alle de regler og love, der fulgte med. Hun anede ikke, om hun turde blive i lejligheden. Skulle hun bare forlade lejligheden og smække efter sig? Skulle hun blive og håbe på, at Max kom tilbage? Hun kiggede ud i snevejret, der kastede morgenmagi ned på gaden, der ellers var sædvanlig trist og uden opmuntring. Nørrebro kunne være en spændende bydel, men for det meste var den deprimerende. Hun gik lidt rundt i lejligheden, der virkede underlig tom og spøgelsesagtig uden Max. Hun gik ud og låste hoveddøren, men blev pludselig bekymret for, om nogen skulle tro, at hun boede i lejligheden, så hun låste op øjeblikket efter. Rastløsheden blandede sig med frustration og fortvivlelse, hvilket til sidst fik Line til at tage sine støvler på. Hun kunne ikke opholde sig i lejligheden, selv om det var dét, hun havde allermest lyst til. Det virkede forkert og hun følte sig som en indbrudstyv på listefødder. Hun kendte ikke naboerne i opgangen og havde aldrig mødt nogen af dem i de få dage, hvor hun udelukkende havde opholdt sig indenfor. Hun tog sin læderjakke på og mærkede efter om pengene stadig lå der. Det gjorde de, men der var også noget andet i hendes lomme.

Hun trak en nøgle frem og stirrede på den. Der stod hun så, som en kæmpe idiot og stirrede på nøglen, som var den en del af et større mysterium. Hun åbnede hoveddøren, stak nøglen i låsen og drejede. Låsebolten slog ud. Nøglen var til lejligheden. Line lukkede døren igen og låste denne gang uden at tænke to gange. Hun tog ikke støvlerne eller jakken af. Hun satte sig i stedet i en af lænestolene og studerede nøglen. Nøglen havde ikke været i lommen, da de havde været nede efter kinesermad aftenen forinden. Havde Max lagt nøglen til hende i løbet af natten? Havde han været bevidst om, at politiet ville komme før eller siden og derfor havde lagt nøglen til hende? Havde han ville fortælle hende noget? Var det hans måde at fortælle hende, at hun skulle blive boende, selv om han blev anholdt og skulle i fængsel? Hun sparkede støvlerne af og lagde nøglen på bordet mellem de to lænestole. Hvis Max ville have, at hun blev boende, kunne hun ikke sige nej tak til husly, en varm seng og et sted at lave mad. Hun anede ingenting om at lave mad, men hendes mor gjorde det jo indimellem – så hvor svært kunne det være?

Senere på dagen stod Line i Brugsen og stirrede på rækkerne af madvarer. Hun havde lagt et rugbrød, en leverpostej og en rejeost i kurven. Hun havde oprindeligt taget et sigtebrød i skiver, men hun havde fortrudt og lagt det tilbage. Hun skulle kun købe det mest nødvendige, så hendes penge kunne strække længst muligt.

Max havde givet hende en udfordring, da han havde lagt nøglen i hendes jakkelomme. Nu var det op til Line at være den voksne. Hvis hun dog bare vidste, hvordan man skulle være voksen? Hun prøvede at tænke tilbage på hendes mor. Hvordan havde hun handlet ind, dengang hun stadig gjorde det? Line anede det ikke. Hun gik mod mejeriprodukterne og tog en liter skummetmælk. Det var den billigste mælk, så den var god nok til hende. Hun havde aldrig smagt skummetmælk, men hvor slemt kunne det være? Da hun gik forbi dåsemaden, så hun noget, som hun genkendte. En dåse med hakkebøffer i sovs med bløde løg. Det kunne hun da finde ud af at lave. Det skulle bare op i en gryde, for det havde hendes mor lavet til hende for mange år siden. Hun gik mod grøntsagerne for at finde en pose kartofler, da hun opdagede pakken med kartoffelmos i flager. Det skulle bare blandes op med lidt mælk – og mælk havde hun lige taget. Måske var det slet ikke så svært at blive voksen? Fuld af håb og selvtillid gik Line til kassen.

Nogle timer senere stod kampen med komfuret i køkkenet. Line havde svedt, grædt og brændt mælk på to gange. Alligevel sad hun nu med en tallerken mad foran sig, der på ydersiden lignede det, som hendes mor engang havde serveret for hende. Hun følte sig stolt og voksen på en gang. Det skulle nok gå det hele. Hun havde tændt for fjernsynet, hvor Jul i Gammelby skulle til at starte. Alt var helt, som det skulle være. Hun savnede dog Max noget så frygteligt.

Hun havde slet ikke fået sat nok pris på den ro, som han havde repræsenteret i de få dage, hvor hun havde været sammen med ham. Hun håbede, at han havde det godt. Han havde fået mange bank af betjentene, men som Line huskede det, forlod han da stuen ved egen hjælp, da hans overfaldsmænd havde hjulpet ham på benene. Hun smagte på maden. Det var ikke rart. Bøffen var kold, løgene smagte underligt og kartoffelmosen var grynet. Hun var ikke sart, så hun spiste maden alligevel, men indrømmede også overfor sig selv, at hun havde langt igen, før hun kunne kalde sig mesterkok i et køkken. Julekalenderen rullede af sted foran Lines øjne, mens sneen dalede udenfor. Da hun havde spist den sidste bid af den kolde hakkebøf, blev hun ramt af et øjebliks melankoli. Livet kunne være et dejligt sted at være. Et sted hvor sneen dalede. Et sted hvor man kunne glæde sig til jul. Et sted hvor juleferien ventede for enden af kalenderlyset, der talte ned til fridage og fest med familie, god mad og Disneys Juleshow. Sådan var Lines liv ikke. Hun sad i en lejlighed på Nørrebro, hvor hendes nyeste ven og eneste rigtige kæreste var blevet anholdt for mord. Hun anede ikke, hvordan man skulle klare sig i livet – og hun kunne end ikke varme en dåse med hakkebøffer, uden alting gik galt.

'Det skal nok gå det hele.' sagde hun for sig selv og tog en tår mælk, der sekundet senere blev spyttet ud på den tomme tallerken.

'Føj for fanden, hvor er det ulækkert!' råbte hun af det hvidkalkede vand, som nogen havde tilladt sig at kalde for mælk.

Kapitel 19.

Line havde sovet uroligt. Hun drømte om hakkebøffer med bløde løg, der flød rundt i skummetmælk. Vandsengen føltes anderledes uden Max, men alligevel faldt Line i søvn efter at have vendt og drejet sig i næsten en time. Da hun vågnede, var det stadig mørkt udenfor. Hun havde hørt en lyd, men var pludselig ikke sikker på, om hun havde drømt om den puslende lyd. Hendes sanser blev skarpere, da hun fornemmede bevægelse i rummet. Hun skulle til at række ud efter kontakten til sengelampen, da lyset i loftet blev tændt. Line missede med øjnene og prøvede at fokusere. En skikkelse stod for enden af vandsengen. Hun prøvede at komme op på albuerne, men sengen gyngede og hun måtte snegle sig op ad væggen bag hende, mens hun holdt dynen over sin næsten nøgne krop.

'Jeg tænkte sgu nok, at det var her du gemte dig, Rotte.'

Hun genkendte stemmen, men den pludselig opvågning havde svækket hendes opfattelsesevne. Hun blinkede stadig et par gange, før hun genkendte personen, der havde stillet sig for enden af sengen. Han havde en sort T-shirt på. De matchede hans underbukser. I hånden havde han sin stive pik, som han holdt i et fast greb.

'Peter?!? Hvad fanden laver du?'

Han havde det samme vilde udtryk i øjnene, som han havde haft, da hun havde stødt på ham og Max foran Burger King. Han var oppe og køre – og helt sikkert på stoffer.

'Jeg hørte, at Max er tilbage i Vestre Fængsel. Så tænkte jeg, at du nok var ensom.'

Line rystede på hovedet. Hun var hverken ensom eller noget andet, som Peter skulle blande sig i.

'Hvordan vidste du, at jeg var her?' prøvede hun i en forsonlig tone. Vanviddet stod ud af øjnene på Peter.

'Jugoerne, mand. De er pissebange for, at der skal blive mere ballade. Max slog ham jo ihjel, ham deres leder.'

Line prøvede at rykke sig i vandsengen, men den tillod ikke små subtile bevægelser. Den fandens vandseng.

'Kan du ikke tage dit tøj på igen?' spurgte Line næsten høfligt.

Han stirrede på Line med vilde øjne, men rørte sig ikke ud af stedet.

Hun satte sig frem i sengen, der kvitterede med bevægelser, der bevirkede, at hun måtte stemme i med den ene hånd for ikke at vælte.

'Er du okay, Peter?'

Han var hvid i hovedet. Han slap grebet om sine kønsdele, før han faldt forover og landede på Lines ben. Hun trak dem forsigtigt væk under den livløse mand, mens hun kæmpede med at komme ud af sengen. Hvis der var en rekord for at komme hurtigt i tøjet, så slog Line den med adskillige sekunder. Hun stirrede på Peter, der lå på maven på vandsengen. Hans øjne var stadig vilde. Ud af munden løb noget hvidt skum. Line havde lyst til at skrige, men kunne ikke finde modet til at gøre det.

Hvad ville naboerne ikke tro? Politiet havde været i lejligheden så sent som morgenen forinden. Line havde ikke brug for et gensyn med ordensmagten. Hun nærmede sig forsigtigt Peters ansigt. Det hvide skum var nu lyserødt. Det sad klistret i mundvigen på ham. Hun behøvede ikke at røre ved ham for at konstatere, at Peter var død. Stendød. Line fik sparket til Peters bukser, der var smidt på gulvet foran sengen. Hun bemærkede lynhurtigt læderpungen, der kurrede hen ad gulvet. Hun greb en serviet fra det lille bord mellem de to lænestole, som hun holdt pungen op med. Der lå en død mand på den seng, som hun lige havde sovet i. Hun skulle ikke sætte sine fingreaftryk på noget, der tilhørte Peter. Det var helt sikkert. Hun gennemgik pungen, der kun indeholdt to hundredekronesedler og nogle mønter. Småpengene lod hun blive i pungen, men tog begge sedlerne, som hun stak i lommen på sine jeans. Tankerne jagede gennem hovedet på hende, men hun kunne ikke tænke klart. Skulle hun slæbe Peter ud i opgangen? Hun kiggede på den store mand, der godt nok var tynd og ranglet, men mindst tredive centimer højere og lige så mange kilo tungere end hende selv. Det var en umulig opgave. Hun var nødt til at forlade lejligheden. Hun kiggede rundt og overvejede situationen. Peter havde ikke gjort hende noget, selv om han muligvis havde haft intentionerne om det indtil få minutter forinden. Hun kunne ikke bare lade ham rådne op i lejligheden. Det ville gå ud over Max. Det var jo ikke hans skyld og han sad allerede inde på grund af Line og Vix. Mest Vix!

Hun overvejede et kort øjeblik at fjerne alle spor af hendes tilstedeværelse i lejligheden. Hun havde set nok afsnit af Quincy i fjernsynet. Krimiserien om retsmedicineren gjorde alle teenagere til eksperter i gerningssteder, men hun kunne ikke overskue det. Hvad ville det også hjælpe? Max kunne jo bevidne, at hun havde været i lejligheden. Hun besluttede sig for at tage flugten. Da Line nåede ned på gaden, mærkede hun den bidende kulde. Byen stod op til snevejr og minusgrader, hvilket betød en dyne af den blødeste sne. Det betød også, at Line frøs fra sekundet hun åbnede døren til opgangen og bevægede sig ud. Hun søgte op mod Nørrebrogade, hvor hun gjorde stop ved første telefonboks. Hun behøvede ikke at komme en mønt i boksen, før hun ringede tre gange nul. Alarmcentralen svarede efter andet ring.

'Der ligger en død mand i Fensmarkgade 18. 3.th. Det er en overdosis!' nærmest råbte Line.

'Hvem taler jeg med?'

'Jeg har ikke noget med det at gøre. Jeg ville bare sige det. Hej hej!'

Line smed røret på. Hun havde holdt røret med jakkeærmet, for hun var sikker på, at politiet ville tjekke røret for fingeraftryk. Hun luskede ned ad Jagtvej, hvor hun fandt en bager, der både havde Matilde kakao og friskbagte kanelsnegle. Hun gik mod den hemmelige kælder, som Gasser havde vist hende. Sandheden var, at hun ikke anede, hvor hun ellers skulle gå hen.

Hun kunne ikke tage hjem, for hun anede ikke hvad, der ventede derhjemme, så der var ikke så mange muligheder. Hun var ikke gået mange skridt ned ad Jagtvej, før hun rendte ind i Tolderen.

'Der har vi jo Rotte!' udbrød Tolderen, der lød som om, at han havde været fuld i flere uger i træk. Det behøvede han ikke nødvendigvis at være, for han lød altid sådan. Det var hans måde at tale på, for Tolderen var en humørbombe, som man aldrig kunne blive uvenner med. Han var 18-19 år gammel, boede på Christianshavn, men elskede alt, hvad der havde med gaden at gøre. Han var altid klædt i en uniform af en slags. I dag var han klædt som russisk soldat med medaljer og læderhjelm. Hvorfor alle kaldte ham Tolderen, anede Line ikke. Han var ikke særlig høj, tynd som en spire og spiste aldrig kød. Det havde han lært på en kvindelejr, som hans mor havde slæbt ham med på som barn.

'Har du en smøg?' spurgte han.

Line rystede på hovedet.

'Jeg har lige været til bøssefest med en masse mænd. Der var pølsefest til sidst, hvis du forstår.'

Line forstod!

'Så jeg smuttede, for jeg er jo ikke…'

Line nikkede.

'… altså der er jo ikke en skid galt med at være bøsse, men jeg er sgu så glad for bryster, Rotte.'

Line nikkede igen.

'Det er så skide koldt. Skal vi ikke skride i Ungeren og få en kop urtete?'

Line havde med vilje undgået Ungdomshuset. Lige så meget som hun elskede det frie valg og det anarki, som fulgte med at være ligeglad med alt, hvad de voksne sagde, så var der en uro omkring Ungdomshuset, som hun ikke kunne følge. Den politiske del af tanken bag huset, forstod Line ikke – og hun følte sig udenfor, når hun opholdt sig blandt husets mange gæster. Men decemberkulden var omvendt ulidelig hård, så en kop urtete var svær at sige nej til. Især fordi Line vidste, at Tolderen var et velkendt ansigt i huset. De gik tilbage af Jagtvej mod Ungdomshuset. Line sagde ikke så meget, for det var mest Tolderen, der snakkede om alting og ingenting. Han snakkede meget om bøsser, der ikke var noget for ham, men det lød meget som om, at han prøvede at overbevise sig selv – og ikke Line.

'Man skal prøve alting mindst en gang.' sagde Tolderen, da de gik op ad trappen til Ungdomshuset.

Line nikkede bare. Der var mange ting, som hun ikke behøvede at prøve, men hun havde på fornemmelsen, at Tolderen interesserede sig lige så lidt for hende, som hun gjorde for ham. Det handlede om at få varmen og så måtte hun holde Tolderens ordstrøm ud.

'Hvordan fanden er det, du ser ud?' spurgte en ung fyr, da Line og Tolderen kom indenfor.

'Skal du i krig, Tolder?' spurgte en anden.

Tolderen grinede bare og kom med kvikke bemærkninger. Han gik målrettet mod fælleskøkkenet.

’Har du ti kroner, som jeg må låne?’ spurgte en ung pige, der sad på en stol foran køkkenet. Line rystede på hovedet. Tolderen fandt en mønt frem og stak den til pigen, der straks forlod sin plads. Line anede ikke, hvad pigen manglede ti kroner til, men det virkede som noget vigtigt.

’Skal du bare have noget med urter?’

Line nikkede. Tolderen raslede med en dåse, mens Line prøvede at forstå det anarki og kaos, der var i Ungdomshusets fælleskøkken. Der var ikke nødvendigvis beskidt og der var heller ikke rodet, men der var ting stablet alle vegne. Kasser med mad ovenpå kasser med flyers, som kun lige blev holdt fra at vælte af en enorm brosten, der stod parkeret, som en slags bogstøtte. I midten af det hele stod to piger og vaskede op. Den ene kastede et viskestykke hen til Line, der helt automatisk gjorde sig klar til at tørre af. Porcelæn og lertøj i alle afskygninger var under rengøring. Der var ikke to ens af noget som helst. Anarki og kaos.

’Kender nogen af jer Peter?’

Det var Line, der afbrød stilheden. Hun var blevet alt for bevidst om, hvor surrealistisk det var at stå her i fælleskøkkenet og hjælpe med opvasken, når Peter lå død i en lejlighed ikke langt derfra.

’Peter hvem?’

Det var en af pigerne. En overvægtig pige i et par alt for stramme bukser, der var ved at give op og gå i alle syninger.

’Skinhead! Nazist!’ svarede Line i en lidt for hård tone.

’Han er fandme ikke velkommen her!’ udbrød Tolderen.

’Han er et svin!’ sagde pigen med de stramme bukser.

’Hvad med ham?’ spurgte den anden pige.

Hun var en meget mild type af udseende. Hendes nederdel var sort. Hendes makeup var både dårligt lagt og alt for hård til hendes milde ansigt.

’Nå, ikke noget.’ svarede Line.

Tolderen rystede på hovedet. Pigen med de stramme bukser fortsatte med at vaske kopper af. Den anden pige fastholdt Lines blik. Line drejede hovedet væk og stirrede intenst på en plakat, der reklamerede for en demonstration mod antifascime.

’Er det ikke dig, der er hende Rotten?’ spurgte den milde pige, som Line pludselig ikke fandt særlig mild.

’Jo, det er sgu da Rotte!’ grinede Tolderen.

Han lagde armen om Line. Vandet i gryden begyndte at koge.

’Er det ikke hende med kæresten, der slog Dusan ihjel?’ sagde den tykke pige, der ikke længere vaskede op.

’Nej, slap dog af! Han var sgu da nazist.’ svarede Tolderen.

Han stirrede på Line et par sekunder, før han gav slip på hendes skulder.

’Du er da ikke sammen med en nazist, vel Rotte?’ prøvede han.

’Det er sgu da hende!’

Line dukkede sig, da et nyvasket krus røg forbi hende og knustes mod en stak kasser.

Line vendte sig før den ellers milde pige, der havde et seriøst problem med sit temperament, nåede at gribe fat i hende. Line løb så hurtigt hendes ben kunne bære hende. Tolderen råbte et eller andet jovialt, som sikkert både var sødt og velment, men de to andre piger fra køkkenet var lige i hælene på Line.

'Stop nazisten!' råbte den ene.

'Fang hende!' skreg den anden.

Line havde nær ramt pølsevognen, der havde taget plads foran Ungdomshuset, da hun sprang ned af trappen. En forvirret kvinde med en indkøbspose trådte ud foran de to efterfølgere, der begge væltede sammen med damen og indkøbsposen. Line løb ned ad Jagtvej. Hun ville bare væk. Væk fra Max, Peter, Tolderen og de to sindssyge piger. Væk fra hendes mor. Væk fra København!

Kapitel 20.

Klokken nærmede sig elleve om aftenen. Line havde bevæget sig fra Nørrebro til Vesterbro, hvor hun følte sig nogenlunde i sikkerhed fra pigerne fra Ungdomshuset. Der var faldet lidt sne, men aftenen var varmere end normalt for årstiden, så vejene var våde og hvis man ikke vidste det, ville ingen tro, at det havde sneet tidligere på dagen. Line sad på en trappesten med pappet fra pølsevognen på Vesterbro Torv. Hun havde fået to ristede med brød. Varmen fra pølserne havde været rar, men bedst var den lune kakaomælk, der for Line var synonymt med en tur hos pølsevognen. Nu sad hun og så på busserne, der sneg sig igennem de våde gader, som gule orme. De eneste andre biler i byen var taxaerne, der drev rundt som hajer og ventede på næste bytte, der skulle transporteres fra det ene værtshus til det næste. Der var noget trygt ved at følge trafikken, der drev, som intet var hændt. Trafikken var ligeglad med, om Dusan var død. Den havde ingen problemer med, at Max sad i fængsel. Line kunne ikke få sig selv til at tænke på Peter. Hver gang hendes tanker bevægede sig i den retning, så hun hans døde krop for sig. En overdosis. Det måtte det have været. Line havde kun hørt om den slags og set en scene i en film, men hun vidste ingenting. Hun var femten år gammel og lige i det øjeblik, siddende på kantstenen, følte hun sig rent faktisk som en femtenårig. Det var uvirkeligt for hende, for egentlig ville hun helst være ældre, for hun følte sig så meget ældre på mange punkter.

Det var bare sådan, at jo mere hun oplevede, jo mindre følte hun sig ældre. Der var under tre uger til juleaften. Hun savnede at have en familie, hvor man passede på hinanden. Hun savnede sin mor. Det var frygtelig sentimentalt og hun hadede sig selv for, at overhovedet savne sin mor til at begynde med. Hun rejste sig fra trappestenen og forlod Vesterbrogade i retning mod Istedgade, da lysene fra en af områdets utallige natklubber pirrede hendes nysgerrighed. En stor tyk mand i lædervest blokerede indgangen. Line krydsede den lille vej og stillede sig op for at komme ind på natklubben.

'Hvad fanden tror du, at du laver?' spurgte han brysk.

Hans brystkasse hoppede, når han talte.

'Jeg er ude at gå med aviser. Hvad ser det ud som om, jeg laver?'

Han begyndte at grine.

'Du kommer sgu ikke ind her. Har du overhovedet hår på karamellen?'

'Hvad rager det dig dit tykke dyr!' råbte Line.

Hun gik videre mod Istedgade. Hun kunne høre den tykke mands latter på lang afstand. Hun havde lyst til at råbe mere ad ham, men hun vidste også godt, at det kun ville sætte gang i endnu mere af den irriterende latter. En indvandrermand kom ud fra en af de små rygeklubber, der var beregnet til pakistanere og tyrkere i små kælderrum rundt omkring i hele København. Han smilede høfligt til Line, mens duften af sød tobak forlod rummet, som han netop selv havde forladt.

’Jeg hader dig!’ vrissede Line.

Manden sprang chokeret til siden. Det verbale overfald virkede nærmest fysisk truende på manden, der skyndte sig væk i den retning, som Line kom fra. Sandheden var, at Line hadede alle mennesker, for ingen forstod hende. Ingen forstod, hvorfor hun ikke bare kunne bo hjemme i Vallensbæk. Ingen forstod hendes hår, hendes læderjakke, hundehalsbåndet og den smerte, der naturligt fulgte med at klæde sig som et af samfundets udskud. Det var ikke et kostume eller en fastelavnsudklædning. Det var et udtryk for, hvordan hun havde det indvendigt. Det var over de sidste dage blevet klart for Line, at hun ikke havde brug for at blive accepteret eller anerkendt, men bare gerne ville have en smule forståelse. Hendes smerte var ægte – og alle andre stod udenfor og så noget, de oplevede som påtaget og opfundet, hvilket gjorde hende vred på verden. En verden, der ikke ville have hende, ikke kunne bruge hende og aldrig ville forstå hende.

’JEG HADER JER ALLE SAMMEN!’ skreg Line.

Hendes stemme rungede i vintermørket. Ingen tog notits af teenageren, der stod og skreg i gaden. Verden gik sin gang. Der var 18 dage til jul og Line kunne råbe og skrige – lige lidt hjalp det.

Kapitel 21.

Klokken var næsten to om natten. Line sad på trappen til Hovedbanegården, der vendte mod Tivoli. Forlystelsesparken var lukket de næste mange måneder, men der boede en barnlig glæde i Line. Hun nød at se på den gamle rutsjebane, sideindgangen og de falmede plakater for årets afsluttede sæson. Hun kunne huske turene med sin mor, der altid startede med barnlig begejstring og altid endte i en endeløs strøm af tårer. Det var altid frekvensen af ordet nej, der bragte barnet Line i gråd. Nej til flere billetter til forlystelser, nej til flere tombolasedler, nej til vaffelis og varme popcorn. Ordet nej rungede i Lines hjerne, som hun sad dér foran det lukkede Tivoli og alligevel savnede den begejstring, der var forbundet med en tur i den magiske park. Et par drenge passerede bag ryggen på Line, der dårligt ænsede deres tilstedeværelse. Hun bemærkede dem først, da de vendte rundt bag hende. Der gik et øjebliks panik gennem hendes krop, før det første spark faldt. Dagdrømme om duften af candyfloss blev erstattet af en hilsen fra virkeligheden. En afsindig smerte i nyreregionen sendte Line forlæns ned af de tre trappesten, før det næste spark ramte hende i brystkassen. Hun gispede efter luft i lungerne, der fortrinsvis havde forladt hende, efter første spark, men der var ingen nåde. Sparkene ramte Line ubønhørligt helt uden rytme eller mening. Et velplaceret spark ramte hendes baghoved og snart sank hun ud af bevidsthed.

’Jeg skulle hilse fra Dusans familie.’

Stemmen lød som et tordenskrald i en ekkodal, hvor lydene stod og slog mod siderne af Lines kranie.

'Lille naziluder!'

Det sidste spark ramte Line direkte i ansigtet.

Alting blev sort…

Kapitel 22.

Det var smerten, der vækkede Line. Ikke smerten fra hendes forslåede ansigt. Ikke smerten fra det spark, der havde kostet hende ni sting i baghovedet. Det var heller ikke smerten fra de ribben, der var blevet trykket – men derimod smerten fra hjertet, da hun hørte sin mors stemme gennem, hvad der føltes som en hel pakke vat, der var placeret over Lines ører.

'Hvad fanden har de gjort ved dig? Hvem har gjort dette her ved dig?'

Line fornemmede vreden i hendes mors stemme. En stemme, der næsten lød ædru. Næsten.

'Jeg skal bede dig om at være stille. Line skal have ro…'

Den rare stemme kom fra en person, som Line formodede var en sygeplejerske.

'Du skal ikke bestemme, om jeg skal være stille. Det er min lille pige, som ligger der i sengen. Prøv at se hvor lille hun ser ud.'

Line var ikke sikker, men det lød som om, at hendes mor græd. Sygeplejersken lød oprigtigt bekymret.

'Jeg kan godt forstå, at du er oprevet, men du må forstå, at Line har brug for hvile. Hun har været udsat for en voldsom omgang.'

Lines mor fnøs.

'Tak skal du have, Sherlock Holmes. Gider du at fise ud, så jeg kan sidde med min datter?'

Line kunne svagt høre trinene fra sygeplejersken, der opgav sit forehavende og lod Line være alene med sin mor.

'Mor?'

Hendes stemme lød underlig. Den var så langt væk og havde ikke nær så meget kraft, som de stemmer Line havde hørt øjeblikket forinden.

'Line?'

Hun kunne dufte cigaretstanken blandet med en svag lugt af alkohol. Hendes mors ånde var underlig beroligende.

'Jeg vil gerne have, at du går.'

Line havde forventet en eller anden form for protest. Hendes mor var verdensmester i skænderi og ballade, så alt andet end en nedsmeltning ville være naturstridig. Alligevel fornemmede Line, at hendes mor rejste sig. Snart efter var der stille på stuen. Line prøvede at åbne øjnene, men det var en umulighed. Hun havde ikke styrken til at styre så mange muskler på en gang, så hun lod mørket overtage. Øjeblikket inden Line gled tilbage i en smertefri søvn, mærkede hun sin mors hænder, der forsigtigt placerede puderne fra Lines hovedtelefoner ovenpå de to pakker vat, som hendes hoved føltes dækket af. Snart efter hørte Line svagt noget musik, der rungede underligt og gyngende. Hun prøvede at genkende tonerne, men sekundet senere sov hun.

Kapitel 23.

’Det nytter ikke noget, Line. Du skal gøre dig mere umage!’

Terapeuten stod med armene over kors, mens Line kæmpede sig frem og tilbage mellem to barrer, som hun kunne støtte sig til. Ingen røvfuld af en flok Jugoer kunne måle sig med den røvfuld, som hendes krop gav hende, hver gang hun gik igennem sin genoptræning. Det var blevet marts måned og en forårssol skinnede gennem vinduerne, der skreg på en pudsning. Genoptræning havde i det nye år været noget tilbagevendende, der var startet, efter Line var blevet udskrevet kort før juleaften. Hun havde boet sammen med sin mor, der havde holdt sig ædru gennem hele julen, for derefter at tage revanche til nytår. Hendes mor og en mand ved navn Kurt havde væltet hele lejligheden i en blanding af elskov og slåskamp, inden politiet havde hentet Kurt tidligt nytårsmorgen. De dybe stød fra Kurts underliv var blevet erstattet af et par flade fra Kurts højre hånd og naboerne havde fået nok. Herefter fulgte en januar og februar, hvor Lines mor havde slået sig på flasken for alvor. Lines besøg til genoptræning havde været klaret af en kvinde fra kommunen kombineret med Falck, der troligt hentede Line med større og hyppigere frekvens, som årets første uger gik. Line gik der nu tre gange om ugen. Hun kunne bevæge armene, hovedet og nakken helt uden smerter, men benene var stadig modvillige.

’Jeg gider ikke de skide spasserben mere!’ råbte Line.

Terapeuten gad dårligt notere sig Lines sprogblomster.

Han havde været med hende hele vejen siden januar – og havde hørt og var blevet kaldt meget værre.

’Kan vi ikke snart stoppe? Jeg gider ikke mere!’ peb Line, da vreden ikke gjorde nogen forskel.

’Vil du ikke gerne kunne gå uden krykker?’ spurgte terapeuten.

Line havde så lidt respekt for manden, at hun ikke engang havde gidet at notere sig, hvad han hed.

’Nej, jeg vil da gerne være en hjælpeløs spasser hele mit liv.’

Han sukkede.

’Hvis du brugte lige så meget energi på at træne, som du gør på brok, så ville du slet ikke behøve at komme her mere.’

’Hvis din mor ikke havde været junkie, så havde du ikke været så grim.’ skreg Line, mens hun kæmpede sig videre skridt for skridt.

’Min mor er en sød dame, der hedder Vibeke.’

Han sagde det på en underlig jovial måde, der fik Line til at stoppe op midt i sin øvelse.

’Tillykke med det.’ prøvede Line med sarkasme.

’Tak, skal du have.’ svarede han helt uden at fortrække en mine.

’Min mor er alkoholiker.’

Han studerede hendes ansigt. Måske han ledte efter sarkasme, ironi eller vrede. Der var ingen af delene i Lines stemme. Det var en tør konstatering. Hendes mor var alkoholiker. Sådan var det bare.

’Det er jeg ked af at høre, Line. Skal vi holde for i dag eller vil du gå en tur mere?’

Hun vendte sig mellem de to barrer. Stædigheden havde taget over og Line tog et forsigtigt skridt, der snart blev til flere. Hun nægtede at stoppe og fortsatte til enden af barrerne, før hun vendte sig igen.

'Det er jo meget bedre. Bliv ved!'

Han smilede til hende. Det irriterede Line, men hun fortsatte sine turer frem og tilbage. Hun nægtede at give op.

'Nu kan jeg altså snart ikke mere.' stønnede Line.

Hendes vejrtrækning var tung og benene begyndte at føles tunge under hende.

'Kom nu! Du vil jo gerne være med i hulen, ikk' Mulle?'

Kapitel 24.

'Nå? Er Rotte begyndt at gå på fire ben?'

Line kiggede op. Hun stod i kø i Brugsen. Krykkerne drillede hende, men hun holdt balancen samtidig med, at hun fiskede en halvtredser ud af lommen på sine bukser. Stemmen lød underlig bekendt, men alligevel anderledes, fordi det hele var lidt ude af kontekst. Stemmen passede ikke sammen med Brugsen i Vallensbæk og Rotte-navnet stak ud som en bullen tommelfinger. Det var jo kun noget, som folk kaldte hende, når hun var inde i byen.

'Skal du have hjælp?' spurgte damen bag kassen.

'Nej nej!' svarede Line forvirret.

Vix kom til syne fra køen af mennesker, der utålmodigt stod med hver deres indkøbskurv og bandede sagte over teenageren med krykkerne. Line ignorerede hende, for hun følte sig hverken særlig sej eller speciel kampdygtig til at skulle forklare sig overfor Vix. Hun tog i stedet imod sine byttepenge og begyndte at pakke posen med kaffe, citronmånen og de tyve Cecil ned i en pose.

'Gider du ikke at snakke med mig?'

Vix stod lige foran Line.

'Jeg hørte dig ikke. Jeg har stadig noget med ørerne.' løj Line.

Vix begyndte at grine.

'Den er god med dig, Rotte.'

Line baksede med posen og krykkerne, før Vix tog posen, så der kunne komme styr på de skide krykker.

’Citronmåne? Er det din fødselsdag?’

Line sagde ikke noget, men forlod Brugsen så hurtigt hendes krykker tillod. Vix fulgte efter.

’Du er jo sur på mig? Har jeg gjort noget forkert?’

De var nået et par meter ud af Brugsen, da Line stoppede op.

’Du har ikke gjort noget forkert. Du hører bare ikke til her. Du sagde selv, at jeg skulle tage hjem. Det er jeg så nu!’

’Er du flov over mig, Rotte?’

Vix så oprigtig såret ud. Hun rettede på det alt for store sorte hår, som Line stadig var misundelig på. Hun havde sit eget hår i en hestehale. Det var kommunefarvet og sammen med hendes påklædning, skreg hele hendes udseende af provinsen.

’Jeg er ikke flov over dig.’ sukkede Line

’Hvorfor fanden er du så skidesur? Jeg har ikke set dig i månedsvis og nu besøger jeg dig her i Brøndby!’

’Vallensbæk!’ afbrød Line.

’Potato kartoffel. Det er sgu da beton det hele.’

Line begyndte at gå. Krykkerne bar hende slet ikke hurtigt nok, så efter et par meter faldt hun, så lang hun var. Der gik hul på det ene knæ af bukserne og Line mærkede straks den sviende smerte fra en hudafskrabning. Vix lagde posen fra sig og hjalp Line op på en bænk, der var placeret, så de gamle pensionister kunne tage sig et hvil, inden de skulle ind og foretage deres indkøb i Brugsen.

Her sad de to piger så og stirrede på posen, hvor citronmånen stak ud som en slags dårlig samvittighed for alle proletarer i Danmark, der skovlede den søde kage i sig hver eneste weekend.

'Nå, så det er sådan det bedre borgerskab bor?' prøvede Vix.

Line grinede ikke. Hun prøvede bare at nedstirre citronmånen, der pludselig repræsenterede alt det, som hun følte var galt med verden.

'Rotte! Det er okay. Min mor bor sgu da også sådan et sted her. Det har ikke en skid med dig at gøre. Det har heller ikke en skid med mig at gøre.'

'Jeg er ikke flov over dig. Jeg er flov over mig.'

Vix tændte en smøg, som hun havde tryllet frem på rekordtid.

'Hvad fanden er du flov over? Udover at du er virkelig dårlig på de krykker der.'

Vix sparkede til den ene krykke. Line begyndte at grine.

'Hvor er din walkman?' Jeg har sgu da aldrig set dig uden de grimme hovedtelefoner om halsen.'

'Jeg får hovedpine af den. Mit hoved er stadig en lille smule tosset.'

Vix tog et sug af smøgen og smilede til Line.

'Du har sgu da altid været meget mere end en smule tosset.'

Vix pustede røg ud, før hun fortsatte.

'Han fik sgu otte år!'

'Hvem?' spurgte Line, mens hun gnubbede sin pande med begge hænder.

’Din kæreste! Nazisten der nakkede Dusan!’

Line sagde ikke noget.

’Skide Jugo fortjente ikke bedre!’ sagde Vix og spyttede.

Line rakte ud efter den krykke, som Vix ikke havde fået sparket væk.

’Skal vi tage hjem til dig?’ spurgte Vix.

’Det er vi nødt til. Jeg skal til jazzballet om en halv time.’

Denne gang var det Vix der grinede.

Kapitel 25.

Lines mor havde afmålt hilst på Vix med et ansigtsudtryk, der var meget langt fra billigende. Det havde Line det godt med, for det var ikke fordi hendes mor nogensinde gav Line vetoret, når det kom til de mænd, som moderen slæbte med hjem. Frekvensen af herrebesøg var dog mærkbart reduceret, da Lines mor oftest var for fuld til amore, som hun selv kaldte den ligegyldige sex det i virkeligheden var. Der havde været grydebøf med kartoffelmos fra pose til aftensmad. De to piger havde taget maden med ind på Lines værelse, hvor de begge havde stukket til den brunlige aftensmad uden særlig interesse. Line havde hørt flaskerne klirre fra køkkenet, så hun havde ikke travlt med at forlade sit værelse. Vix lå på Lines seng og bladrede i et Vi Unge, som de to piger havde gjort grin med den sidste times tid.

'Gud hvor er popstjerner dog ulækre!' sagde Vix. Hun havde tændt den femte smøg, siden hun var kommet ind på Lines værelse. Line reagerede på samme måde hver gang og åbnede et vindue.

'Om to måneder er de alle sammen yt. Så er der bare nogle andre smukke mennesker på forsiden af Vi Unge.' klagede Line. Hun sad på en spisestuestol, som hendes mor allernådigst havde lånt hende, efter hun var kommet hjem fra hospitalet. Hun havde svært ved at komme ud af sengen ved egen hjælp, så stolen fungerede som værelsets vigtigste møbel lige nu.

'Sagde du virkelig yt? Er det ikke sådan noget man siger, når man er en smart pige fra Hundested?'

Line blev flov. Vix havde ansigtet gemt bag det kulørte blad, så hun opdagede ikke Lines reaktion.

'Slap dog af. Det var sgu da bare for sjov. Jeg er sgu da ikke sådan en herrespasser!'

Line havde været for sent ude med redningen. Vix fjernede bladet og stirrede på Line.

'Slap dog af!' sagde Line med lidt mere vrede i stemmen.

Hun rejste sig fra stolen samtidig med, at hendes mor bankede på og stak hovedet ind.

'Der er En Stor Familie om to minutter. Jeg har skåret citronmåne.'

Hun stank af værtshus og gammel tobak. Line sagde ikke noget, men stod som forstenet og lænede sig op ad en krykke. Det hele var så provinsielt og forudsigeligt. Hun var for alvor flov.

'Jeg kunne sgu godt spise et stykke citronmåne. Er der kaffe til?' sagde Vix. Hun smed bladet fra sig og sprang op fra sengen.

'Jeg har lige lavet en frisk kande.' sagde Lines mor.

Line ville protestere, men hun nåede ikke andet end at rette på krykkerne, før Vix var på vej ind i stuen. Line humpede efter så godt hun havde lært, mens hendes mor gik i køkkenet efter en kop mere.

'Vi behøver altså ikke at se det lort.' undskyldte hun til Vix.

'Jeg ser det sgu da hver fredag. Hende Sanne er sgu da herresjov!'

Line rystede på hovedet og fulgte efter. Vix havde allerede sat sig i sofaen, hvor hun gjorde plads til Line. Snart efter kom Lines mor ind fra køkkenet og serverede kaffe og citronmåne for Vix.

Line havde mest lyst til at dø. Hun sagde ingenting den næste halve time. Lines mor og Vix skiftedes til at grine af den pinlige tv-serie, som Line hadede hvert et øjeblik af.

'Tak for kaffe og kage!' sagde Vix.

'Så er der snart frem og tilbage.' sagde Lines mor og grinede.

Vix grinede med og rejste sig. Line følte sig både mentalt og fysisk afkræftet efter den udveksling af ord, som alle lød frygtelige i hendes ører. Hun humpede efter Vix, der i stedet for at gå ind på Lines værelse rakte ud efter sin jakke, da hun stod i gangen.

'Skal du gå?'

'Ja, jeg har en aftale med Gasser. Jeg ville have taget dig med, men du ved...'

Hun nikkede mod Lines krykker. Line nikkede også.

'Rotte...'

Vix kiggede ned i gulvtæppet, der i gangen var lige så grimt brunt, som i resten af huset.

'Jeg har 500 kroner.' løj Line.

Hun havde en hel del mere, for hun havde stadig jakkelommerne fyldt med de kontanter, som hun havde stjålet fra kaffesækkene i kælderen. Det virkede som et andet liv, selv om det kun var få måneder siden, men livet som handicappet voldsoffer havde taget hårdt på hende.

’Jeg skal bruge 1500. Jeg skylder for noget…’

’Jeg har kun 500!’ afbrød Line. Hun stak hånden i baglommen, hvor hun allerede havde foldet fem hundredkronesedler sammen, da hun havde hentet aftensmaden ind fra køkkenet. Hun var muligvis ung, skrøbelig på benene og en lille smule naiv – men hun var fandme ikke dum. Vix tog ikke til Vallensbæk for høflighedens skyld. Hun rakte Vix de krøllede sedler, før hun åbnede hoveddøren og dermed fratog Vix muligheden for at sige ordentligt farvel. Selv om hun havde haft en mistanke, da Vix stod i Brugsen, gjorde det stadig ondt at få ret. Hun kom kun til Vallensbæk for at låne penge.

’Vi ses! Kom snart på besøg. Vi savner dig alle sammen.’ prøvede Vix.

’Hils Gasser!’ svarede Line kort, før hun lukkede hoveddøren.

’Skulle Victoria allerede hjem?’ spurgte hendes mor, der var kommet til syne fra stuen.

’Ja og du behøver ikke give mig din tale om dårligt selskab. Hun kommer ikke igen lige med det samme.’

Line tog fat i krykkerne og gik ind på sit værelse.

Kapitel 26.

'Du er lidt ligesom en gammel vittighed, er du ikke?'

De to af pigerne stod med hver deres cigaret i hånden. Maj måned var ellers lun og rar. Stemningen ved cykelskuret var det modsatte. Line stod med den ene krykke, som nu var hendes hjælp rundt i livet. Den anden havde hun smidt efter hårdt arbejde med genoptræning. Hendes hår var efterhånden blevet langt og nu hang det i en hestehale ud over den cowboyjakke, som hun havde købt for næsten trehundrede kroner i Hundige Centeret.

'Dårlige vittigheder går på krykker i Århus. Du går på krykker alle vegne.'

De andre piger rundt om cykelskuret begyndte at grine.

'Hun var jo punker. Sej tøs med læderjakke og grimt hår.' kom det fra en stemme Line genkendte, som en yngre pige fra samme blok, hvor Line boede med sin mor.

'Hun lignede en røv, der var blevet træt af at skide.' sagde en anden pige, der stillede sig op foran Line, så hun ikke kunne komme forbi.

'Hvor er dine nitter henne? Du er måske ikke en hård nitte længere?' sagde den første af de rygende piger.

Line sagde ikke noget. Uanset hvad hun sagde, så vidste hun, at det ville gå galt.

'I dag er hun bare en skide nitte.' sagde den yngre pige fra blokken, da hun kom ud fra mørket i cykelskuret. Hun sparkede til Lines krykke. Sekundet senere lå Line på fliserne.

De to ældste piger kastede deres skod på Line, der famlede efter sin krykke. Da hun endelig fik fat i krykken, trådte pigen fra blokken ned på Lines hånd.

'Du slog mig, bare fordi du ikke kunne lide mine sko. Hvordan synes du selv det føles?' hvæsede pigen.

Line blev liggende et stykke tid. Pigerne var gået til klasse, da skolens klokken havde ringet ind. Det var ikke første gang, at hun var blevet sendt i jorden af pigerne fra cykelskuret. En lærer kom småløbende fra parkeringspladsen. Han kiggede undersøgende på Line, der lå med sin krykke, da han passerede hende. Line nåede lige at opfatte ham ryste på hovedet, inden han forsvandt ind i bygningen, der til og fra havde været Lines eneste chance for en uddannelse i livet. Hun kom med besvær på benene og fik stavret sig hen til døren, der i det samme blev flået op – hvilket nær havde sendt Line en tur mere i fliserne.

'Der er time. Hvad fanden tror du, at du laver?'

Karsten var hendes klasselærer. Han havde kun kendt til den Line, der konstant provokerede og terroriserede hans klasse, så hans omgang med hende var altid irritabel.

'Fald lidt ned!' prøvede hun helt uden energi.

Han trak Line i armen, så han nærmest bar hende ned ad gangen. Sekunder senere sad hun på sin stol. Hun havde ingen sidemand, for ingen gad sidde ved siden af hende.

'Nu hvor Line har besluttet sig for at deltage i undervisningen, kan I tage jeres bøger frem.'

Line havde ingen bøger, for hendes taske lå derhjemme.

Karsten stirrede på Line, der var fuldstændig ligeglad. Han rejste sig fra sin plads bag katederet og smed sin bog på Lines bord.

'Side 181. Hvem vil begynde?'

Line skubbede bogen på gulvet. Karsten sukkede og samlede bogen op. Han lagde den på Lines bord, som var den røget på gulvet ved et uheld.

'Thomas. Du må gerne begynde.'

Den altid stille og forsagte Thomas stammede sig gennem den første sætning. Line lagde sin krykke på bordet. Da Karsten havde sat sig igen, kørte hun krykken hen ad bordet. Bogen landede på gulvet for anden gang. Thomas stoppede højtlæsningen, der mere mindede om et anfald af tilfældigt udtalte ord uden sammenhæng.

'Du skal bare fortsætte, Thomas.'

Ingen sagde noget. Heller ikke Thomas. Han stirrede nervøst på Line.

'Er du rar at fortsætte, Thomas?'

Thomas startede opremsningen af ord op igen. Karsten rejste sig for anden gang. Denne gang bankede han bogen ned i Lines bord, så Thomas udstødte en forskrækket lyd.

'Du gør altså Thomas bange!' sagde en af bogormene på bagerste række.

'Ja, helt ærligt Karsten.' istemte bogormens veninde, der vistnok hed Karin. Line hadede dem begge som pesten.

’Ja, Karsten. Du må ikke gøre Thomas bange. Han… kan… ikke… gøre… for……… det’ sagde Line i en flot imitation af Thomas og dennes begrænsede læseegenskaber.

’Du skal tie stille, Line.’ sagde bogormen.

’Vi er altså ikke bange for dig.’ sagde veninden.

Karsten havde vendt sig mod Line. Han prøvede at nedstirre hende, men han havde selv startet al balladen. Nu måtte han betale prisen. Line slap ikke hans blik, mens hun skubbede bogen på gulvet for tredje gang. Hun så ikke den hånd, der kom med en uhyggelig fart. Det var først da den syngende lussing var blevet leveret, at det gik op for Line, at hendes lærer havde slået hende. Karsten samlede bogen op og forlod klasseværelset. Øjeblikket efter opstod der kaos blandt eleverne. De fleste havde travlt med at komme ud af klasseværelset, så de kunne se, hvor Karsten flygtede hen. Bogormen og Karin blev siddende. Line rejste sig. Hun holdt krykken i hånden, mens hun kantede sig mellem bordene. Da hun stod overfor bogormen, brugte hun krykken til at løfte dennes taske. Indholdet fra tasken røg ud på bordet foran den skræmte bogorm. Karin skulle til at blande sig, da Line bankede hånden ned i en juicebrik, der sprang ud over bøger og bogormen, der var ligbleg i ansigtet. Karin satte sig hurtigt ned igen, for hun var blevet helt bevidst om, at det nu var hendes tur. Line slikkede lidt af den søde juice af sine hænder, mens hun nærmede sig næste bord. Hun nåede ikke mere end et enkelt skridt, før døren til klasseværelset gik op. Det var skolens inspektør Hr. Mikkelsen.

'Line. Jeg vil gerne tale med dig på mit kontor. NU!'

Kapitel 27.

'Forstår du selv, at dette her ikke kan blive ved med at gå?

Hr. Mikkelsen sad med en pibe, der var gået ud tidligere på morgenen. Det afholdt ham ikke fra at bappe videre på snadden, der nærmest var blevet synonym med skolens inspektør.

'Du er alt for klog til at opføre dig sådan her. Vi kan ikke have, at du ødelægger undervisningen for dine klassekammerater.'

Han sukkede. En skrivemaskine klaprede fra forkontoret, hvor den altid sure Jonna sad, som en slags forpost til skræk og advarsel for dem, der afventede en audiens med Hr. Mikkelsen.

'Jeg ved godt, at du har det svært. Jeg har mødt din mor en del gange…'

Line kiggede op og hendes øjne mødte Hr. Mikkelsens blik for første gang.

'Min egen mor drak som et hul i jorden. Hun slog mig også. Ja, det var noget lort det hele.'

Line smilede. Hr. Mikkelsen bandede aldrig. Han lagde piben fra sig og hældte kaffe fra en termokande i sit krus, hvor hanken havde ladet livet i en faldulykke.

'Jeg siger bare, at du bliver nødt til at gøre dig umage. Du har været væk i meget lang tid – og vi er alle så glade for at have dig tilbage på skolen.'

Han kunne godt selv høre, at det var noget sludder, så han stoppede og tog en slurk af kaffen.

'Ja, alright. Måske ikke alle!'

'Prøv med slet ingen!' sagde Line spagt.

'Det er noget lort det hele, men hvis jeg ikke gør noget, så får jeg lærerne på nakken. Karsten har meldt sig syg på ubestemt tid… igen.'

'Han er sgu da også herreåndssvag!'

Hr. Mikkelsen sukkede. Han kiggede på Line med trætte øjne. Klokken var ikke engang ni om morgenen og han var allerede i gang med brandslukningen.

'Ja, han er lidt herre…'

'Åndssvag!' hjalp Line.

Hr. Mikkelsen nikkede.

'Hvordan går det med dit ben?' spurgte han jovialt.

'Det går bedre. Jeg går til genoptræning tre gange om ugen.'

'Var det en blodprop i benet?'

Line holdt to fingre frem.

'Det er noget lort det hele. Vold løser ingenting, Line. Ingenting. Kendte du overfaldsmændene?'

Line rystede på hovedet.

'Hvor skulle du også kende dem fra?' spurgte han retorisk.

Hr. Mikkelsen rejste sig. Han trængte også til ferie på ubestemt tid. Line rejste sig også. Hun regnede med, at samtalen var forbi. Hun greb krykken og gik mod døren.

'Line?'

Hun vendte sig og kiggede på inspektøren.

'Det bliver bedre. Livet, du ved. Det bliver meget bedre.'

'Er du sikker på det?'

Hun nikkede mod hans skrivebord, der fløp med stakke af papirer, der stak ud fra bunker alle vegne.

'Nårhh, det er bare arbejde. Livet bliver meget bedre med tiden.'

Line kiggede lidt på ham. Hvis hans liv var bedre end hendes, så var hun virkelig på røven.

Kapitel 28.

Hun kunne mærke en trykket stemning, da hun trådte ind ad døren. Noget var galt. Hun kunne mærke det i hele kroppen. Først tænkte hun, at hendes mor måske var død? Hun stod stille i gangen og mærkede vibrationerne fra lejligheden. Pludselig hørte hun hendes mors knevrende stemme. Den lød opløftet. Line trak ikke vejret. Der var noget helt galt med den stemme. Den lød ædru men samtidig tæt på eksalteret. Line vippede med krykken og anede ikke, om hun skulle stikke af eller blive. Alt i hende skreg, at hun bare skulle komme ud af vagten, før det var for sent. Alligevel stod hun i gangen, som en grim statue med krykke, da Tom trådte ud fra stuen. Han havde alt for korte shorts på og ølmaven stak ud under hans klamme brunlige undertrøje.

'Der har vi jo prinsessen.'

Han lagde an til et kram, men Line nåede at parere hans svedige krop med krykken, som Tom kun måtte undvige.

'Nå, for pokker. Ja, sikke noget med dig. Kom indenfor. Jeg har gaver med til dig.'

Line stod et øjeblik og afventede. Tom gik tilbage i stuen. Hendes mor plaprede i telefon. Munden kørte med hundrede kilometer i timen. Hun var meget glad og begejstret. Da Line kiggede frem fra gangen, smilede hendes mor til hende fra øre til øre.

'Nå, Søs. Linemusen er kommet hjem. Jeg lægger på, du.'

Line sneg sig forsigtigt ind og satte sig i sofaen. Den anden halvdel af det store beskidte møbel var overdænget med indpakkede ting og sager. Der var fint bånd om alle gaverne.

'Tom er hjemme!' udbrød hendes mor.

Hun lavede en bevægelse med armene, som var hun tryllekunstner, der netop havde tryllet verdens klammeste mand ud på stuegulvet. Line var ikke imponeret.

'Sæt dig ned!' sagde Tom.

Line sad allerede ned.

'Nå, ja. Det gør du jo allerede.' sagde han og pegede.

Han slog sig selv i panden, som den idiot han nu engang var. To plus to ville altid give fire, når det kom til Lines fordomme om Tom.

'Vi skal ud og rejse. Vi skal til Costa del Sol i tre uger!' nærmest råbte Lines mor.

'Altså du skal ikke med!' skyndte Tom at tilføje.

Line følte, at hun sad og gloede på Vallensbæk Amatørscenes uropførelse af Proletariatets Uransagelige Lykke med to overvægtige kvartalsdrankere i hovedrollerne.

'Sig det nu til hende, Tom!' sagde Lines mor.

Tom nikkede begejstret og pegede på bjerget af gaver.

'Linemus…' begyndte han.

Line gav ham et dødt blik.

'Line… pige…'

Han rømmede sig.

'Line.'

Han smilede nervøst. Tredje gang var lykkens gang.

'Jeg har ikke været verdens bedste stedfar for dig. Jeg har ikke altid gjort mit bedste, men nu har jeg siddet i spjældet og tænkt. Du er jo den datter, som jeg aldrig fik.'

'Kom nu til sagen, Tom. Det er jo ikke en konfirmationstale, som du skal holde.' drillede Lines mor.

'Det er til dig fra mig.'

Tom pegede endnu engang på bjerget af gaver i sofaen. Line kiggede frem og tilbage mellem gaverne og Tom. Ingen sagde noget i nogle sekunder, før Lines mor brød tavsheden.

'De er alle sammen til dig fra Tom.'

'Du skal pakke dem ud nu.' snøftede Tom.

Line stirrede på stodderen, der stod og flæbede midt på stuegulvet. Hendes mor lagde armen om manden, der lod tårerne få frit løb. Line rettede på krykken og rømmede sig.

'Jeg henter en saks!' råbte Lines mor.

Line studerede forsigtigt Tom. Han var så ynkelig og slap. Lige i det moment hadede hun alting ved ham endnu mere.

Kapitel 29.

Line havde åbnet alle sine gaver fra Tom. Hun sad nu på sit værelse med en underlig beskidt følelse i kroppen. Gaverne havde været fine. De havde endog været rigtig fine. Problemet var bare, at alle gaverne var fra Tom. Verdens klammeste menneske. Hun kiggede over på sengen, hvor de mange ting og sager lå spredt. En ny læderjakke med bunkevis af nitter. De sejeste bukser med kæder og endnu flere nitter. Støvlerne, der lignede noget fra et militærudsalg, var det flotteste fodtøj, Line nogensinde havde ejet. Der var også sorte skjorter, t-shirts og nogle bælter, som hun ville have slået ihjel for at få fat i – hvis altså ikke Tom havde købt dem til hende. Kronen på den overdådige gaveregn var en spritny Philips Walkman med sorte hovedtelefoner, som Line slet ikke kunne holde øjnene fra. Hun var forelsket i maskinen, der endnu ikke var pakket ud. Hun havde heller ikke prøvet noget af tøjet. Det hele skulle lige synke ind. Inderst inde var hun så tæt på lykkelig, som hendes mørke sind ville tillade, men på ydersiden var hun ikke klar til at acceptere, at gaverne i al deres pragt var givet med hjertet af en mand som Tom. Hun følte sig købt, ført bag lyset og snydt. Hun kunne ikke helt forstå hvorfor, men hun havde det skidt med gaverne. Hun vidste jo godt, at tingene var købt med penge, som Tom havde fået fra salg af hash og stoffer. Det bildte hun sig ind generede hende, men det var heller ikke årsagen til den underlige fornemmelse, der gnavede i baghovedet. Det var Tom. Han var lusket. Gaverne var lusket.

Noget stak under og det afholdt Line fra at blive begejstret. Hun var ikke bekymret for, at Tom var klogere end hende. Det var der ingen chance for. Det var i virkeligheden det, der bekymrede Line allermest. Hun kunne ikke gennemskue idioten. Hun hoppede op på krykken og forlod sit værelse. Hun formodede, at hendes mor og Tom enten havde amore på sofaen eller var ved at blive fulde eller måske endda skæve. Hun gloede derfor lidt, da hun nåede stuen og fandt dem begge i gang med at se tv. En pose slik lå på bordet. En stor flaske cola og to glas var de eneste drikkevarer, som Line kunne se. Hun tænkte, at de måtte have gemt whiskyen under bordet. Hun lod sig falde ned i sin mors stol. Tom smilede til hende og vendte tilbage til det program, som de så i fjernsynet. Line kastede et blik under sofabordet. Der var ingen whisky.

'Hvad sidder I og glor på?' spurgte Line

Hendes mor tog et stykke slik.

'Det er Shogun. Den handler om Blackthorne, der er rejst til Japan.'

Line nikkede fraværende. Hun var ligeglad. Hun var mere nysgerrig på, hvorfor Tom og hendes mor så Shogun, når Knægten havde åbent til klokken tre om natten. Line kendte den lokale bodegas åbningstider bedre end de fleste stamgæster.

'Skal I ikke på Knægten, når den er slut?' fiskede hun.

Lines mor rystede på hovedet.

'Det er slut med at drikke. Jeg har været på antabus i fængslet.'

Line gloede åndsfraværende på Tom.

’Hvad med dig, mor?’

’Jeg har hældt det hele ud, Linemus. Nu skal vi til at være
normale igen.’

Der var intet Line havde ønsket sig mere end at være en normal
familie. Der var heller ikke noget Line hadede mere, end at høre
præcis de ord, forlade sin mors mund. Hun kunne mærke vreden
boble. Irritationen klistrede til hende, som var det en kløe, der bare
tog til og spredte sig. Hun havde lyst til at eksplodere, som hun
altid gjorde, når de voksne var åndssvage. Problemet var bare, at
det forum hun nu sad i pludselig føltes alt for ordentligt og normalt
til en regulær nedsmeltning.

’Vil du have et glas cola?’ spurgte hendes mor.

’Jeg drikker ikke det lort.’

’Vi skal tale pænt til hinanden. På den måde undgår vi
konfrontationer, der fører til skænderier.’ kom det fra Tom.

Lines mor nikkede, som var hun en loyal kirkegænger, der tog
Guds ord til sig som den eneste sandhed.

’Er I blevet sindssyge?’ spurgte Line.

Hun ledte efter energien til at kamme over. En gnist, der ville
antænde tredje verdenskrig, som hendes mor altid havde kaldt
Lines raserianfald.

’Nej, vi er bare blevet voksne, Line. Det har du jo selv efterlyst.
Vi prøver at være bedre mennesker. Det er sådan en familie skal
opføre sig.’ sagde Tom.

Line følte sig afvæbnet. Hun rejste sig opgivende og forlod stuen lettere lamslået. Hun håbede, at det hele var en ond drøm. Da hun kom ind på værelset, skubbede hun gaverne ned fra sengen og lagde sig til at sove. I morgen ville alting være, som det plejede. I morgen ville Tom og hendes mor skændes over alting og ingenting. Så ville de tage på Knægten og drikke sig pissefulde. Så ville alt være godt igen.

Kapitel 30.

Der var ikke noget Line elskede mere ved skolen end sidste skoledag før sommerferien. Dette år var den sidste skoledag endnu bedre. Den sagnomspundne dag, faldt nemlig på præcis samme dag, som dagen for, at Line endelig, efter mere end seks måneder, kunne smide krykke nummer to – og dermed være i stand til at bevæge sig rundt på to fødder helt uden hjælpemidler. For at toppe denne glædens dag, som Line naturligvis fejrede ved slet ikke at møde op på skolen, var det samtidig dagen, hvor hendes mor og Tom rejste sydpå. Med andre ord var Line alene hjemme i tre uger. Der fandtes ikke mange ting i livet, der kunne måle sig med præcis den følelse. Hun havde over de sidste måneder levet et forholdsvist ukompliceret liv. Hendes mor og Tom havde holdt sig ædru, spist mad ved et spisebord hver eneste aften – og hendes mor havde endda startet et deltidsjob i en børnehave, hvilket Line fandt morsomt ud over alle grænser. At hendes mor nu skulle tage betaling for at passe andres børn, når hun havde gjort så skidt et arbejde med sin egen datter, var ironi på et højt plan. Hvad Tom rendte rundt og lavede, anede Line ikke, men han handlede ikke hash fra lejligheden længere. Hun kunne stadig ikke lide ham, men deres forhold havde været tåleligt. Lige nu betød det ingenting, for Tom sad i en flyver med favnen fuld af toldfrie smøger og drak sodavand fra en alt for lille flaske, mens en stewardesse serverede æggesandwich for ham og Lines mor. Alt var godt. Hun havde endda taget en af sine nye sorte t-shirts på.

På forsiden gav Joey Ramone fingeren til fotografen. Ærmerne var korte og de hvide arme, der stak frem, mindede Line om, hvor lidt hun tålte solens stråler. Line haltede stadig en lille smule, men det var alligevel meget bedre end at bevæge sig rundt på krykker. Hun famlede efter hoveddørsnøglen i sine bukser, da hun kom om hjørnet ved den blok, hvor hun delte residens med sin mor og Tom. Ved opgangen holdt fire motorcykler og Line gik straks i panik. Hun kendte samtlige beboere i opgangen og ingen af dem havde noget med rockere at gøre. Det formodede hun til gengæld, at Tom havde eller i hvert fald havde haft. Da hun nærmede sig, kom fire store mænd med skæg ud fra opgangen. Line kendte ikke en eneste rocker, men hun genkendte de fire som ballade. Rigtig meget ballade. Der var røvfuld i luften – og Line behøvede ikke tre gæt for at gennemskue, hvem der stod i den modtagende ende af den forestående korporlige afstraffelse. Line undgik øjenkontakt og passerede rockerne, som var hun på vej til en af de næste opgange i blokken. Den ene rocker klappede en af sine kammerater på ryggen og nikkede mod Line. Hun lod som ingenting.

’Punkertøs!’ fnyste den ene.

’Hey du!’ kaldte den næste.

Line vendte sig om. Hun prøvede at se spørgende ud, så godt hun overhovedet kunne. Hun var ved at skide grønne grise. Rockere og punkere delte hverken fagforening, seng eller lånerkort med hinanden.

Faktisk var det en stående manddomsprøve for en rocker, lige at tæske en punker eller to, hvis han gerne ville være med i det hårde selskab.

'Kender du en fyr, der hedder Tom? Han sælger hash her i opgangen.'

Line rystede på hovedet.

'Er du sikker?'

Han kom hen imod Line. Line overvejede at sige noget med graden af sin egen skråsikkerhed og hyppigheden af sprængte bomber, men var stiv af skræk. Han var stor. Meget stor!

'Hvor gammel er du?'

Line anede i øjeblikket ikke, hvor gammel hun var.

'Du ligner en, der kunne trænge til en tur på min Harley.'

De andre grinede. Tvetydigheden var ikke til at misforstå.

'Jeg kan ikke i dag!'

Hun anede ikke, hvor ordene kom fra. De dukkede bare op. Den store mand kiggede ned på hende, mens han rettede på lædervesten.

'Det var ærgerligt. Du ville ellers være en køn pige uden alt det lort i ansigtet.'

Line blev meget bevidst om den mørke makeup, men hun ville ikke sige mere. Hun ville bare blive stående, indtil det store lokum satte sig op på sin Harley og kørte væk. Alligevel hørte hun ordene, der forlod hendes mund, før hun kunne nå at reagere.

'Jeg kan ikke. Jeg skal til jazzballet.'

Kapitel 31.

Hun havde ventet i en halv time. Da kysten var klar, havde hun låst sig ind i lejligheden, pakket en taske med tøj og fornødenheder. Derefter havde hun besøgt kælderrummet. Hun havde ikke regnet med, at der ville være en krone at finde i kaffesækkene, men til hendes store overraskelse stod det hele præcis, som det havde gjort sidst, hun havde været en tur i kælderrummet. Hun havde fyldt lommerne i den nye jakke med sedler. Denne gang gravede hun lidt i sækkene, så hun kunne finde flere 500 og 1000-krone sedler. Hun havde ingen planer om at komme tilbage til lejligheden, før hendes mor og Tom var tilbage på dansk jord. Hun havde taget S-toget ind til byen, hvor hun nu gik på Strøget med The Smiths i ørerne. Kassettebåndet havde hun fået af sin mor, som tak for en tur i Bilka i Hundige, hvor de havde stoppet ved Fona af alle steder. Da hun nåede Gammeltorv, spejdede hun mod de mange punkere, der hang omkring springvandet. Hun genkendte ikke et eneste ansigt, men alligevel trak hun nervøst mod flokken, mens hun tog hovedtelefonerne af. Hun anede ikke, om hun stadig var persona non grata i miljøet efter hendes forhold med Max, men hun håbede på, at rygterne om overfaldet ude foran Hovedbanen havde nået de fleste af dem, så hun igen havde en gruppe at høre til. Hun var kun ti meter fra springvandet, før hun hørte en genkendelig stemme fra flokken.

’Rotte! Herovre!’

Tolderen stod med en øl i hver hånd og vinkede med dem begge. Han var ulastelig klædt som gammeldags postbud med rød jakke, mørk kasket og sorte bukser. Han gav Line et kæmpe kram og introducerede hende for den lille flok, som han stod sammen med. De havde alle hørt om overfaldet og krammede Line på skift. Hun kendte ingen af dem, men de var alle meget ældre end hende selv. Den ene pige var piercet i hele ansigtet og lignede en narkoman, der nærmede sig sit allersidste fix.

'Hvor ser du godt ud.' kom det fra Tolderen.

Line smilede. Hun var glad for at være tilbage blandt ligesindede. Inderst inde vidste hun godt, at selvtilliden, som hun kunne mærke boble i hele kroppen, næsten udelukkende kom fra det makeup og tøj, som hendes mor og Tom havde købt til hende. Plasticpunkeren fra Vallensbæk der snyltede sig til en plads blandt dem, der virkelig levede det liv, som Line kun kunne bilde sig selv ind, at hun selv var en del af. Hun mindede sig selv om, hvad Iggy havde fortalt hende. Der var ingen grund til at se op til de andre, for de var sandsynligvis lige så plastic, som Line følte sig, når hun var sammen med dem.

'Jeg er jo blevet postbud!' udbrød Tolderen.

Han trak Line ud af tankestrømmene, som hun hellere end gerne ville forlade.

'Hvor har du stjålet den uniform henne?' spurgte Line grinende.

Tolderen stillede de to øl fra sig og rettede på den knaldrøde jakke.

’Jeg er skam ansat ved det danske post og telegrafvæsen!’ proklamerede han stolt.

Line grinede igen.

’Det er ikke løgn. Han er fandme blevet postbud.’ kom det fra narkomanen.

’De ansætter åbenbart hvem som helst.’ kom det fra en fyr i gruppen. Han rakte Line en øl, men hun afslog med et smil.

’Du skal nok snart smutte videre, Rotte. Strisserne plejer gerne at komme ved denne tid. De er sgu blevet lidt hårdhændede på det seneste.’ sagde Tolderen.

Han så på Line med en alvorlig mine. Hendes blik mødte hans i et forsøg på at fortælle ham, at hun godt kunne klare sig selv.

’Jeg glider sgu også. Jeg skal ikke risikere at miste mit nye arbejde.’ grinede han.

Line tog hovedtelefonerne på igen og søgte mod Vestergade. Da hun nåede op til Rådhuspladsen, hørte hun sirenerne fra distancen. Man kunne åbenbart snart sætte sit ur efter ordensmagten. Et øjeblik senere indhentede Tolderen hende.

’Jeg sagde det jo, Rotte. De er fandme så blæst i hovedet.’

Line nikkede.

’Hvis du leder efter Vix og Gasser, så holder de til på Staden.’

’Nå? Hvorfor gør de det?’

Line havde alle dage forbundet Christiania med hash, rockere og ballade. Hun undgik Fristaden som pesten, men havde da været derude til koncert på Rockmaskinen et par gange.

'Det skal du ikke spørge mig om. Jeg har ingen mening om det lort, som de to render rundt og laver.'

'Nej, hvad sker der? Hvad mener du?'

Line blev for anden gang på få minutter mindet om, hvad og hvem andre mennesker havde advaret hende imod.

'Jeg tror de er rodet ind i noget lort med stoffer. Du skal ikke spørge mig. Jeg ved det ikke. Jeg ryger lidt ind imellem, men det andet lort gider jeg ikke.' kom det affejende fra Tolderen.

'Ved du hvor på Staden, jeg kan finde dem?'

'Jeg er postbud – ikke turistguide. Vi ses, Rotte!'

Tolderen satte i løb mod Vesterbrogade. Line blev stående. Hun følte sig pludselig lidt rådvild. Hun anede ikke, hvor hun skulle tage hen, hvem hun skulle snakke med eller hvad hun overhovedet lavede så langt fra betonblokken i Vallensbæk.

Kapitel 32.

’Jeg skal bede om noget legitimation.’

Han stirrede ned på Line, der forsigtigt havde bedt om et
værelse for natten. Hun stod med hænderne begravet i jakken. I
højre hånd knugede hun et egern, som Tom altid kaldte
tusindkronesedlerne.

’Forstår du ikke dansk? Jeg skal se noget legitimation, for du er
vel over atten år?’

’Selvfølgelig er jeg det. Hvad koster et værelse?’

Line havde valgt et hotel, der lå tæt på Rådhuspladsen, for hun
turde ikke hotellerne på Vesterbro eller Nørrebro.

’Det koster 400 kroner for et enkelt værelse pr. overnatning.’

Han kiggede sig over skulderen.

’… men det koster 500 kroner, hvis man ikke har legitimation.’

Line trak det grå egern frem og lagde på disken.

’Så vil jeg gerne have to overnatninger.’

Receptionisten studerede pengesedlen, som Line havde lagt
foran ham. Han rettede på sit slips og tog imod pengene.

’Hvad er navnet?’

Line gik en smule i panik. Hun havde ikke lyst til at sige sit
rigtige navn. Hun havde dårlig samvittighed over at brænde tusind
kroner af på hotel i byen. Omvendt turde hun ikke tage hjem, så
dette var eneste løsning, hvis hun ikke ville tilbringe en nat på
gaden. Det ville hun ikke.

’Thomasine Heiberg.’ svarede Line nonchalant.

'Velkommen til Hotel Richmond, frøken Heiberg.' sagde receptionisten helt uden at fortrække en mine. Han rakte Line et sæt nøgler og forklarede hende, at værelset lå på tredje sal. Line gik op og låste sig ind på værelset. Det var meget fint og flot sammenlignet med hjemmet i Vallensbæk. Line satte sig i vindueskarmen og så trafikken drive fra Vesterport mod H.C. Andersens Boulevard. Hun anede ikke, hvad hun skulle stille op. Det havde været nemmere at overleve dage og nætter i byen, da hun havde været drevet af stædighed og vrede. Nu følte hun sig som en skoleelev på udflugt. Hun overvejede at tælle sine penge, så hun kunne få overblik over, om hun kunne blive boende på hotellet de næste tre uger. Det var økonomisk uoverskueligt for hende at bruge den slags penge, uanset om hun havde dem eller ej, så hun undlod at trække seddelbundtet frem fra tasken. Lige nu havde hun et sted at sove de næste to døgn.

Kapitel 33.

Line nød det gode vejr. Slutningen af juni måned var magisk.
Hun var ligeglad med sport, men havde ikke kunnet undgå at blive
grebet af fodboldfeberen, der havde bredt sig over hele Danmark
gennem juni måned. Det var første gang, at Danmark spillede med
om Europamesterskabet og om aftenen skulle Danmark møde
Spanien i semifinalen. Line bemærkede det stigende antal
rød/hvide trøjer i gadebilledet. De fulgte med euforien, som havde
smittet af på hvert eneste butiksvindue i indre by, der med
Dannebrog og pynt i de nationale farver gjorde deres til at bakke
op om fodbolddrengene. Line gik forbi en tøjbutik, hvor en
gammel stodder fra tv rappede på en slags landsholdssang, der var
så frygtelig, at Line frygtede blødninger fra ørerne. Hun satte
hovedtelefonerne på, startede for båndet med New Order, der
kvitterede med de hårde trommer fra Blue Monday. Det var lørdag
og det eneste blå var himlen, som lagde det fineste baggrundstæppe
for den varme sol, der pralede med, at sommeren var over
Danmark. Hun gav en femmer til en mand på gaden, der spurgte
efter penge til lidt mad, før hun gik mod Christianshavn. Det var
egentlig ikke hendes plan, men hun søgte mod Christiania, for hun
var nødt til at snakke med mennesker, som hun kunne relatere til –
også selv om det var overfladisk. Hun var fast besluttet på at lyve
sig flad som en kirkerotte, hvis Vix spurgte efter penge. Hun skulle
ikke være sponsor for et misbrug, som hun ikke kunne se fornuften
i.

Hun hadede, at hun var blevet så fornuftig og provinsiel, men faktum var, at hun altid havde været sådan. Hun skabte muligvis en masse problemer og var villig til meget ballade, men stoffer, smøger og hash var ikke noget, som Line overhovedet kunne relatere til. Hun kunne acceptere smøgerne og leve med hashen, men stofferne var langt over hendes fatteevne. Hvad kunne stoffer udover at smadre folks liv? Hun huskede tilbage på den kolde vinternat, hvor hun sammen med Gasser og Vix havde taget ruten ned ad Istedgade. Hvordan de havde advaret hende om livet på gaden. Hvordan hun havde et valg, som Vix og Gasser ikke følte, at de havde. Det frustrerede hende, for hun vidste bedre. Vix havde også haft et valg. Gasser havde sikkert også. Alligevel foretog de dårlige valg hele tiden. Foran Christiansborg satte Line sig ved et busstoppested. Hvorfor var hun overhovedet på vej på Christiania? Hvad kunne Vix og Gasser bidrage med til hendes liv? Hun havde set en mand blive slået ihjel. Hun havde oplevet en anden mand dø af en overdosis. Hun var blevet gennembanket så meget, at hun nær aldrig havde fået sin førlighed tilbage. Var det et liv? Hun elskede alting ved sin identitet, men var det ikke bare et kostume, som hun havde midlertidigt til låns? Hun var en pige fra provinsen, der klarede sig dårligt i skolen. Hun var skuespiller uanset, hvor hun kom frem i livet. Hun skulle slet ikke omgås folk som Vix og Gasser. Hun skulle være sammen med fornuftige mennesker, som ville hende det bedste. Mennesker der ikke inddrog hende i en verden, hvor vold, sex og stoffer var en del af hverdagen.

Det var jo sindssygt, at hun allerede var nået så langt ind i et miljø, hvor hun kun hørte til, når hun spillede skuespil.

'Undskyld, men er du punker?'

En ældre dame havde sat sig ved siden af Line, som tog hovedtelefonerne af.

'Er du sådan en rigtig punker?'

'Det ved jeg ikke. Hvad synes du?'

Damen studerede Line et øjeblik. Bag rynkerne og det forsigtige smil var hendes øjne knivskarpe.

'Jeg forstår bare ikke, hvorfor I er så vrede? Der var også arbejdsløshed og boligmangel, da jeg var en ung pige.'

Hun smilede til Line.

'Vi passer nok bare ikke ind nogen steder.' svarede Line så ærligt hun kunne. Damen smilede til Line og nikkede.

'Det kender jeg godt. Det er ungdommens lod. Man passer aldrig ind, men ved du hvad?'

'Nej, hvad?'

'Om nogle år, når du er blevet voksen, så passer du alligevel ind. Uanset om du lader det ske eller kæmper imod. Det sker bare.'

'Bliver det så bedre?'

'Det bliver i hvert fald ikke værre.' sagde damen og smilede.

Kapitel 34.

'For fanden, Elkjær!'

Det var en irriterende forretningsmand fra Jylland, der havde råbt højest under hele kampen. Nu sad han med sin drink i baren og så nedslået ud. Line havde siddet i en sofa med en sodavand, så hun knapt havde kunnet se, hvad der foregik på de to skærme, der stod med få meters mellemrum i hotelbaren. I pausen havde forretningsmanden underholdt de andre gæster i baren med anekdoter om fodboldspillere, som han havde mødt på sine rejser. Han var fuld, brovtende og hans attitude havde ikke holdt mange minutter på Knægten i Vallensbæk, før en af stamgæsterne havde måtte se sig nødsaget til at lange flade ud. På et fint hotel nikkede de andre gæster bare, mens de ønskede idioten hen, hvor peberet groede. Line stillede sit glas og gik ud på gaden. Det var en lun sommeraften, så hun besluttede sig for at gå op til Rådhuspladsen. Hun havde to hundredkronesedler i lommen. De andre penge lå i hendes lille pengeskab på værelset. Hun havde besluttet sig for, at hun dagen efter ville finde et billigere hotel. Det gik ikke at betale femhundrede kroner for en seng at sove i. Lige nu var det en varm pølse med brød fra en af pølsevognene på Rådhuspladsen, der trak i hende. I morgen ville hun tjekke ud klokken 11.00 og løse sit midlertidige boligproblem. Tre uger føltes pludselig som lang tid, men hun skulle nok finde en løsning. Lige nu var det sulten, der skulle stilles, så Line satte det lange ben foran.

Hun kunne dufte pølsevognene, før hun svingede om hjørnet ved H.C. Andersens Boulevard. Til hendes store overraskelse var der mange mennesker samlet på den store plads. Lydene fra Tivoli kunne svagt anes mellem larmen fra de mange busser, der ankom til byens hovedpulsåre for bustrafik. Line skridtede forsigtigt over et par busbaner, før hun halvt i løb satte kurs mod nærmeste pølsevogn. Efter at havde fået aftensmad på stort set samme tid af døgnet i flere måneder i træk, var sulten lige pludselig blevet en smule uoverkommelig for hende. Før i tiden kunne hun vente i timevis nede på Knægten i håb om, at en af gæsterne fik ondt af hende og bestilte en cowboytoast eller en bakke fritter. Nu var hendes mave noget bedre vant. Der var gået timer, siden maden normalt ville have stået på bordet derhjemme, så nu skulle der altså handles.

'Jeg skal have to ristede med brød.'

Damen i pølsevognen smilede til Line. Et par kunder stod og fyldte deres hoveder med pølser uden at ænse teenageren, der nærmest råbte sin ordre ind til pølsedamen, der med kyndig hånd bestyrede uendelige mængder af pølser, brød og lune Cocio kakaomælk dagligt.

'Bare med det hele?' spurgte damen.

Hendes hånd hvilede på pumperne, der administrerede mængderne af sennep og ketchup. Line nikkede og få øjeblikke senere, sad hun på en af de mange slidte bænke med en bakke pølser med brød og en lun Cocio. Livet føltes godt.

'Med forlov?'

Det var et ægtepar, der satte sig på bænken ved siden af Line.
Hun spiste grådigt fra papbakken, mens parret gennemgik aftenens
udflugt til Tivoli.

'Det var da en glimrende forret.' sagde hun.

'Men sikken en uhøflig tjener.' svarede han.

'Gav du ham drikkepenge?'

Han rømmede sig.

'Man betaler ikke drikkepenge til folk, der ikke giver en ordentlig
service.' protesterede hun.

'Han havde travlt. Han var bare kort for hovedet.' undskyldte
manden.

'Han var ubehøvlet.'

Her sad de så i stilhed. Line havde spist de sidste rester, kastet
bakken i skraldespanden ved siden af bænken og sad nu med sin
Cocio.

'Hvor meget gav du ham?'

'Halvtreds kroner.' indrømmede manden.

Hans kone havde kun hovedrysten til overs for manden. Han
havde fået verdens største skideballe, havde de ikke siddet på en
bænk på Rådhuspladsen. Det var Line slet ikke i tvivl om. Hun
rejste sig og manden nikkede høfligt til hende. Det var underligt at
være voyeur til sådan en lørdag aftens udstilling af voksne
menneskers små dramaer. Line begyndte at forstå, hvorfor det
åbenbart var så svært at være voksen for alvor.

De voksne havde lige så mange underlige og uskrevne spilleregler, som de unge. De var måske mere subtile og man skulle være på vagt, hvis man ville overholde dem alle. Line gik mod Hovedbanen. Hun havde en underlig trang til at sidde på den trappe, hvor hun knap syv måneder forinden var blevet overfaldet af Dusans venner. Da hun nåede trappen, var der et rend af mennesker, der alle søgte væk fra biografmørke, forlystelser og middage i byen – og nu havde kurs mod provinsen med de røde slanger, der fragtede folk rundt i Storkøbenhavn. Hun stirrede kun kort på trappen, før hun fortsatte med menneskestrømmen. Hun gik langs trapperne til perronerne, mens hun kastede stjålne blikke på bænkene, der strategisk var placeret mellem rulletrapper og elevatorer. Der var alt fra narkomaner, unge rygsæksrejsende og ældre mennesker, der side om side prøvede at få tiden slået ihjel inden næste tog eller næste fix. Om ikke særlig lang tid, ville Hovedbanegården lukke ned for natten og vagter samt politi ville smide folk ud på røv og albuer. Line havde prøvet det – og det var ikke nogen udpræget fornøjelse. Faktisk var det så ydmygende, at Line havde svært ved ikke at få ondt af de mange sølle eksistenser. Hun var næsten nået til bagudgangen, der vendte mod Istedgade, før hun fik øje på Iggy, der stod sammen med en gruppe hårde typer, der alle bar kropsnært sort læder, sort hår og virkelig dystre miner, som var de lige kommet fra en begravelse af en gammel rockstjerne.

’Hej Iggy!’ hilste Line.

Iggys venner brød op samtidig med, at Line nærmede sig.

'Hej Rotte!'

Iggy lyste op med et stort smil.

'Jeg hedder Line.'

'Nå, men så hej Line.' svarede Iggy.

'Var det dine venner?' spurgte Line.

Iggy begyndte at gå og Line fulgte efter.

'Nej, det var kunder fra butikken. Vi har været til en bogudgivelse.'

Line begyndte at grine. Iggys kunder lignede ikke stamgæster fra Hovedbiblioteket. De gik i stilhed.

'Hvad laver du herinde? Jeg troede, at du var blevet klogere?

Line rystede på hovedet. Hun var blevet klogere.

'Det var jeg også.'

Iggy stoppede op. De var kun lige nået ud ad Hovedbanegårdens hovedindgang.

'Du skal tage hjem, Line. Du slap nådigt sidste gang. Gaden tilgiver aldrig. Folk der bor på gaden, bliver sjældent særlig gamle.'

Line protesterede ikke, selv om hendes situation var noget anderledes end sidst, hvor hun havde overnattet hos Iggy.

'Jeg følger dig til toget.' begyndte Iggy og ville trække af sted med Line.

'Jeg kan ikke tage hjem. Jeg skal nok fortælle dig det hele.'

Kapitel 35.

Line havde fortalt hele historien. Hvad startede med Tom og hashhandlen i lejligheden, sluttede med pengene i kælderrummet og rockerne, der i den grad lignede et tæskehold. Nu sad Iggy og Line i Iggys taglejlighed og fik lidt koldt at drikke.

'Jeg kender ikke særlig mange rockere, men jeg ved, at de ikke venter et halvt år med at få deres penge, hvis de har noget til gode.'

Line nikkede. Det var hun også selv nået frem til.

'Jeg ved til gengæld også, at hvis man har den slags penge, så er det sjældent ens egne. Hvad siger din mor?'

Iggy tog en tår af sin øl. Line stirrede på den appelsinsodavand, som Iggy havde trukket op til hende. To elefanter på etiketten afslørede at Carlsberg stod bag læskedrikken.

'Hun sagde, at jeg ikke måtte røre dem. At det var Toms. Det var lige da han røg i fængsel. Hun har ikke nævnt dem, siden vi blev en normal familie.'

Iggy begyndte at grine.

'Det lyder helt tosset, at din mor er vikar i en børnehave.'

'Hun er endda vældig populær.' svarede Line.

Iggy rakte sin flaske ud mod Line, der kvitterede med at slå de to elefanter mod den grønne ølflaske.

'Skål for populære vikarer i de danske børnehaver.' sagde Iggy.

De grinede og skålede endnu engang, før alvoren vendte tilbage.

'Vix og Gasser bor på Staden. De er vistnok involveret i noget handel derude.' sagde Line.

’Jeg er ikke overrasket. Dine gamle venner lever efter nogle begreber, som er svære at forstå for os andre.’

’Hvad mener du?’ spurgte Line.

’Æresbegreber, som ofte hører til blandt især punkere på gaden.’

Line forstod ikke helt, hvad Iggy prøvede at fortælle hende.

’Har du set Shogun?’

’Begynder du nu også? Ja, jeg har set et halvt afsnit.’

’Nå, men…’ begyndte Iggy.

’Har du da set Shogun? Du har ikke engang et fjernsyn!’ afbrød Line.

’Jeg har læst bogen. Det er også lige meget. Shogun foregår i det feudale Japan. Dengang levede man rigtig meget efter æresbegreber. Hvis man havde gjort et eller andet skidt, så kunne man vælge den ærefulde død.’ forklarede Iggy.

’Hvad betyder det?’

Iggy tog den sidste slurk af sin øl.

’Man kunne begå selvmord ved at skære sig selv i maven med sit sværd.’

Line lavede en grimasse.

’Ja, men det var en ærefuld død. Harakiri. På den måde blev ens familie ikke vanæret af de ting, som man nu havde gjort, der ellers ville have medført dødsstraf.’

’Det lyder væmmeligt.’

’Det var det også. Især fordi æresbegreberne ofte var over loven eller normal sund fornuft. Der er ingen ære i at dø ved eget sværd.

Hvis nogen vil straffe dig, må de ligesom selv påtage sig bødlens job.'

Line nikkede.

'Dine åndssvage venner på Staden. De vil hellere begå rituelt selvmord for at have æren i behold end at gøre det fornuftige. De er så opslugt af at være en del af noget, at de hellere vil begå kriminalitet. De trækker folk omkring dem ned på deres niveau, for så er man en del af miljøet. Det er der bare ikke noget fornuft i. Det er Harakiri for ære og stolthed. Der er ikke sund fornuft, Line.'

'Harakiri!' gentog Line.

'Harakiri. Den ærefulde død for det ærefulde liv.' sagde Iggy.

Line kunne mærke ordene ræsonnere i hele kroppen. Den følelse hun havde haft, da hun havde været på vej mod Christiania. Følelsen af at spille skuespil, for at kunne være en del af noget. Det var en ægte følelse, som Iggy nu havde sat endnu flere ord på. Line havde ikke brug for læder, makeup og al den vrede, som Iggy mente ville æde Line selv og alle omkring hende til sidst. Var det mon det, som både fascinerede og frastødte hende, når hun var sammen med Vix? Den ukontrollerede vrede, som da hun havde bidt Dusan i kinden? Line lovede sig selv, at det snart ville være slut med at være vred. Det kom der ikke noget godt ud af i længden. Harakiri!

Kapitel 36.

Hun sad på Burger King og kiggede ud på trafikken af fodgængere, der på en søndag formiddag var meget begrænset i forhold til alle ugens andre dage. Hun havde brugt morgenen på sit hotelværelse med at mentalt forberede sig på dagen. Nu havde hun forladt hotellet, men indtil videre var det blevet til en Whopper og et stort papbæger fyldt med is og en lille smule cola, som Burger King bestemt ikke fråsede med. Hun havde været på gader og stræder flere gange i sit liv, for indtil for nylig havde hjemmelivet været uudholdeligt. Hun havde altid brugt stædighed og vrede til at navigere med, men nu sad hun i en helt anden situation. En situation, hvor hun egentlig helst ville have været derhjemme. Derfor var hendes kompas gået i stykker og hun havde svært ved at navigere rundt i byen, der pludselig virkede umuligt stor og uoverskuelig. Hun havde siddet med hovedtelefonerne og lyttet til The Cure, der ikke bidrog synderligt til hendes humør med deres tungsind og weltschmerz, så efter lidt tid havde hun slukket for musikken. Tasken, som hun havde sat ind imod væggen, bugnede stadig med kontanter, men alligevel følte Line sig underligt fattig og opgivende. Ordene fra aftenen før rungede i hendes hoved. Iggy havde sagt så mange ting, som Line sagtens kunne genkende. Det havde været rart at få tingene formuleret af en voksen, der rent faktisk forstod det meste af det, som Line lige nu ikke helt kunne finde hoved og hale i. Der var dog en enkelt ting, som Iggy ikke helt havde forstået ved Lines situation.

En enkelt ting der gjorde det svært for hende bare at slippe gaden, overgive sig og affinde sig med livet i Vallensbæk. Hun var frygtelig ensom.

'Må jeg tage din bakke?'

En meget frisk ansat rakte ud efter Lines bakke, før hun fik svaret. Hun løftede bægeret med den smeltede is, så den ivrige ansatte kunne komme til at tørre bordet af.

'Tak for besøget. Ha' en god dag.'

Line rejste sig og tog sin taske. Hun smed bægeret med isterninger i den store skraldespand ved indgangen, inden hun forlod Burger King. Hun anede ikke, hvor hun skulle gå hen, men alligevel begyndte hendes fødder at gå ned ad Strøget, hvor alt andet end spisesteder og et par enkelte turistbutikker havde lukket om søndagen. Hun passerede et par fyre, der havde taget landsholdets nederlag så tungt, at de nu lå og sov foran en butik med hver deres fodboldtrøje på. Line genkendte følelsen af dagen derpå. Følelsen af at festen var forbi, blev ved med at melde sig. Hun havde ingen venner og derfor havde turene til byen, nætterne på gaden og de tilfældige bekendtskaber i punkmiljøet tiltrukket hende. Der var en samhørighed i elendigheden, som alle i miljøet bar rundt på. Ikke alle havde det lige frygteligt, men når de var sammen, gik meget af tiden med at føle sig udstødt, misforstået og hadet af samfundet. Line kunne mærke det hele, bare ved at tænke på det. Hun kunne godt lide at føle sig misforstået.

Det var samtidig også ved at gå op for hende, at hendes opførsel
var ved at indhente og fratage hende muligheder i livet. Hun skulle
i niende klasse efter sommerferien. Det var ved at være sidste
chance, hvis hun skulle blive til noget. Hun kom til at tænke på en
plakat for en uddannelse, der hang flere steder på hendes skole -
"Din Fremtid Starter Nu". Line havde altid grinet af beskeden, der
havde været al for dyster og alvorlig til, at hun rigtig kunne tage
den seriøst. Nu virkede budskabet som et løfte om en bedre tid,
som Line kunne tage del i, hvis hun slap unoderne, balladen og tog
sig alvorligt sammen. Line kastede et blik mod springvandet på
Gammeltorv, da hun passerede på Strøget. Der stod kun et par
stykker, som Line alligevel ikke kendte, så hun gik videre. De
lignede trætte vampyrer, der ikke helt forstod, at de var i fare for
solen, mens de stod og missede med øjnene og ikke helt var vågnet
endnu. Line smilede af dem og gik videre ned ad Strøget. Ved
fodgængerovergangen genkendte Line pludselig en gruppe unge,
der kom gående mod hende. De var alle udenlandsk udseende og
et par af dem lignede drengene, som Dusan havde gået sammen
med, inden Max havde gjort en ende på hans liv foran en
kinesergrill på Nørrebro. Line drejede til højre af Nytorv og
Rådhusstræde, før nogen af drengene kunne nå at genkende hende.
Hun kunne mærke pulsen i tindingen, der bankede helt
ukontrollabelt. Hun havde en panik i kroppen, som hjernen straks
genkendte og omsatte til endorfiner. De lange skridt blev vekslet til
løb og snart løb hun så hurtigt hun overhovedet kunne.

Der gik ikke mange meter, før benene mindede Line om, at de indtil for nyligt var blevet hjulpet af minimum en enkelt krykke og hun måtte sætte farten ned til gang. Hun gik om hjørnet ved Kompagnistræde, hvor hun fandt en bænk. Her sad hun og pustede ud, mens et raserianfald begyndte at koge i hele kroppen. Vreden, som hun ellers havde besluttet sig for at begrave, vendte tilbage med en kraft, der mindede Line om ham superhelten, der altid blev grøn og smadrede alting. Hvad fanden havde hun gjort? Hvorfor skulle hun hele tiden være på flugt? Hun havde ikke slået nogen ihjel. Hun havde ikke solgt hash. Hun havde ikke et tæskehold af vrede rockere på nakken. Hvorfor skulle hun hele tiden gemme sig for alle mennesker? En mand passerede Line og nikkede venligt.

’Hvad fanden glor du på?’ råbte Line.

Kapitel 37.

'Du skal smutte nu! Jeg gider ikke glo på dig.'

Vix var ved at koge helt over. Line kunne genkende stemmen, lang tid før hun fik øje på veninden, der sad i et hjørne af bodegaen.

'Jeg sagde SMUT!'

Line begyndte at hoste. Røgen var tyk og det var ikke kun cigaretter, der var blevet tændt op under denne søndag eftermiddag.

'Du skal give mig de penge. Du HAR fået pillerne.'

En fyr i en slidt cowboyjakke stod over Vix. Han var tynd som en junkie, men virkede alligevel truende. Line skubbede sig forbi en stor mand, der sad og spillede tænkeboks på en barstol, der vippede voldsomt. Han brokkede sig højlydt, men var stadig ikke på lydniveau med Vix, der snart ville gå amok, hvis ikke junkien i cowboyjakken smuttede. Line var blot et enkelt skridt fra fyren, da Vix lossede ham i maven. Han væltede bagover og røg forbi Line, der kun lige nåede at snurre rundt, før hun så cowboyjakken kollidere med tænkeboksspilleren, der gled af barstolen. Vix gloede på Line med et vildt blik. Line forestillede sig, at Vix havde det lidt på samme måde, som Line selv havde haft det, da Vix pludselig stod midt i Brugsen i Vallensbæk. Der var ikke tid til at hilse, for terningespilleren var allerede oppe fra gulvet, hvor han nikkede pusheren en skalle.

Snart ville stedet eksplodere i slåskamp, for cowboyjakken havde to venner siddende i hjørnet, der gerne ville udligne scoren med tænkebokseren. Vix var allerede på vej mod udgangen, da en af de føromtalte venner greb fat i hende. Han så aldrig Lines støvle, der med høj fart ramte ham i skridtet. Han slap Vix øjeblikkeligt og de to piger flygtede ud af bodegaen. Line fik overbalance på dørtrinet, men Vix greb fat i hende og reddede Line fra at blive kørt ned af en taxa, som bremsede med hvinende dæk.

'Hvad fanden laver I?' råbte chaufføren bag de nedrullede vinduer.

Vix skulle til at løbe, men Line var ikke i stand til at løbe en meter. Hun sprang ind i taxaen til stor overraskelse for både chaufføren og Vix.

'Hop nu ind, Vix!' råbte Line.

Vix blev stående som frosset.

'Hvor skal I hen?' spurgte chaufføren, der allerede var back to business.

'Kom nu, Vix!'

Vix besluttede sig og sprang ind på bagsædet. I samme øjeblik kom cowboyjakken ud fra bodegaen. Hans næse var blodig og virkelig grim. Chaufføren trådte på speederen, før det gik op for blodtuden, at de to piger sad i en taxa. Vix lå på bagsædet, mens Line fumlede med tasken. Hun stak hånden ned i siderummet. Pengene var der endnu.

Hun havde ledt rundt på Staden efter både Vix og Gasser de sidste mange timer og hvert tiende minut, havde hun tjekket til pengene, for hun frygtede at miste dem. De var hendes livline så længe, at Tom sad nede sydpå og ikke havde klaret sit mellemværende med tæskeholdet på motorcykler.

'Hvad fanden laver du her, Rotte?'

Line vendte sig mod Vix og fik øjenkontakt. Vix så træt ud. Det vilde hår var klasket sammen – og hun lignede en, der ikke havde sovet i dagevis.

'Stop med at kalde mig det pis. Jeg hedder Line.'

Vix lavede et fjoget ansigt.

'Linemusen.' drillede Vix.

Chaufføren smilede. Det gjorde Line ikke.

'Lille Line fra Brøndby.' fortsatte Vix.

Chaufføren smilede bredt. Han havde det åbenbart sjovt.

'Hvad fanden sidder du og griner åndssvagt over?' spurgte Line.

'Jamen, jeg troede...'

'Så troede du forkert. Du kan sætte os af henne ved SAS-hotellet.'

'Cirkeline er sur nu.' sagde Vix med en barnlig stemme.

'Du kan også holde din kæft.' snerrede Line.

Kapitel 38.

’Jeg troede ærlig talt, at du var klogere end det.’

Vix undgik med nød og næppe en japansk turist, der ønskede at forevige sin familie foran Palads biografen.

’Klogere end hvad?’

Line stoppede op og stirrede på Vix, der med et fjollet ansigt stirrede tilbage.

’Du er så dum!’

Line gik videre. Vix blev stående.

’Så lad mig lige forstå dig ret. Du troede, at jeg var klogere.’

Vix stak tommelfingeren frem, som om hun talte på fingre.

’Og… jeg er så dum.’

Pegefingeren blev skudt frem, så der nu var to fingre.

’Er der noget jeg har glemt?’

Line gad ikke at svare og fortsatte videre mod Tivoli og Hovedbanegården. Vix indhentede hende hurtigt.

’Hvad fanden er det du vil, Rotte?’

’Jeg vil gerne have, at du holder op med at kalde mig for Rotte.’

’Undskyld, Lone.’

Line rystede på hovedet. Vix kiggede sig rundt.

’Hvor er vi i grunden på vej hen? Brøndby?’

’Lige nu skal jeg bare væk fra dine dumme spørgsmål.’

Line drejede til venstre og gik ned ad Vesterbrogade mod Rådhuspladsen. Vix gik et par meter efter Line.

’Skal vi i biffen?’

De stod foran Cinema 1-8. Line havde hånden på døren til biograffoyeren. Hun kunne dufte popcorn.

’Nej, jeg vil gerne snakke med både dig og Gasser.’

’Gasser?’

Vix lignede et spørgsmålstegn.

’Har du glemt Gasser? Sort læderjakke og hanekam?’

’Hvad fanden skal vi med ham?’

’Hold nu op, Vix.’ svarede Line opgivende.

’Han er ikke derinde.’ sagde Vix.

Line slap håndtaget til døren.

’Hvor havde du penge fra til en taxa, Lone?’

’Det rager ikke dig.’

’Har du suttet pik på en nazist?’

Line ignorerede det åndssvage spørgsmål.

’Hvad skulle du med piller, Vix?’

Et par biografgængere måtte skubbe sig forbi Line. Den ene undskyldte. Den anden kiggede ondt på hende.

’Ejer du måske hele vejen, idiot?’ råbte Line efter ham.

Vix var på vej tilbage af Vesterbrogade i samme retning, som de lige var kommet fra. Denne gang var det Lines tur til at følge efter, men benene var ved at blive trætte.

’Hvor skal du hen? Kan vi ikke sidde ned?’ spurgte Line.

’Kom nu bare med. Hele verden handler ikke om dig!’ svarede Vix.

’Det har jeg heller aldrig sagt!’

’Har du flere penge eller har du brændt dem alle sammen af på taxakørsel?’

Line svarede ikke. Hun halsede efter Vix, der havde kurs mod Hovedbanegården. Selv om det var søndag, var der mennesker på gaden i indre by. Hovedparten af dem var turister, der skulle opleve hele hovedstaden på bekostning af deres koncentration, så Line og Vix måtte skubbe sig gennem de små grupper.

’Kan du få øje på en fyr i lang brun trenchcoat?’

De var nået ind på Hovedbanen. Her var lidt færre mennesker, men stadig rigelig med trafik af folk, der skød op fra undergrunden og togene, der ankom i en lind strøm, som var de på en tidsplan.

’Er han høj eller lav? Tyk eller tynd?’

’Han har en trenchcoat på i juni måned.’ svarede Vix opgivende.

De fortsatte mod bagindgangen, mens der blev spejdet til højre og venstre. Da de fandt ham, stod han og snakkede med to pansere. Det virkede ikke som en politiforretning. Det var bare en samtale mellem folk, der åbenbart kendte hinanden. Strisserne sagde pænt farvel, før Vix nåede over til den spøjst udseende mand, der på grund af et gammeldags cykelstyrsoverskæg var umulig for Line at aldersbestemme. Da han fik øje på Vix, gik han ned ad trappen til lokummerne. Vix fulgte efter, så Line gik med. Da hun nåede bunden af trappen, var Vix allerede i gang med at handle.

’Det er nogle fine venner, som du holder dig.’ kom det tørt fra Vix.

Han grinede.

’Strisserne lader mig være, så længe jeg handler hernede.’

Vix stod med en sort pung, som hun famlede rundt med.

’Tager du D-mark?’

’Ligner jeg en bankmand?’ svarede han iskoldt.

’Lad os ikke spilde tiden på at snakke om, hvad du ligner. Jeg har firehundrede D-mark. Det er næsten syttenhundrede!’

Vix smed pungen i skraldespanden, der stod udenfor døren til herretoiletterne.

’Syttenhundrede? Jeg er sgu da ikke Bikuben! Der er for femhundrede og ikke en skid mere.’

’Du er et svin. Giv mig for femhundrede.’

Line havde mest lyst til at løbe sin vej. Hun kiggede nervøst op ad trappen. Der var ingen på vej ned i halvmørket. Pusheren famlede i lommerne og fandt en lille pose med piller frem. Han rakte Vix posen.

’… og skrid så med dig!’

’Du er et svin.’ gentog hun.

’Jeg elsker også dig.’

Han lavede en trutmund, der fik skægget til at vibrere. Vix skubbede til Line. Der var afgang. De gik op ad trapperne. Vix greb fat i Line og de gik begge mod trapperne til Reventlowsgade.

’Det er så ulækkert med de piller!’ udbrød Line, da de stod på gaden.

’Det kan du selv være, Lone!’

Vix gik ned ad Istedgade. Lines ben orkede ikke mange flere skridt.

'Jeg gider ikke at stå og se på, mens du æder det lort.' klagede Line.

'Du kan da bare skride hjem.'

'Hvor fik du den pung fra?'

'En af turisterne, der gik ind i os. Hans pung stak ud af baglommen.' svarede Vix.

Line var en lille smule imponeret. Hun havde tit tænkt på, hvordan lommetyve havde nemme forhold i byen, når turisterne væltede rundt og var ved at falde over deres egne ben.

'Har du en smøg?' kom det fra en hjemløs, der stod foran Mændenes Hjem. Line rystede på hovedet. Hun kunne ikke følge med Vix, der allerede var gået til venstre ad Victoriagade. Da Line kom til gadehjørnet, stod Vix allerede ved en af opgangene. Hun så utålmodig ud, men Line var træt og udmattet. Hun savnede pludselig den ene krykke.

'Tag dig endelig al den tid i verden, som du har behov for.'

Line ignorerede sarkasmen fra Vix. Hun kunne mærke det ene underben give efter, for hvert lille skridt hun tog.

'Hvis du vil have mig op på fjerde sal, så bliver det altså ikke lige nu.' stønnede Line.

'Du får lov at slippe med skrækken. Vi skal i cykelkælderen.'

Line nåede lige at gribe døren, før den smækkede i hovedet på hende.

Vix var allerede de fire trin nede ad trappen, da Line fik møvet den tunge hoveddør op.

'Hvad skal vi hernede?'

Vix holdt døren til kælderen, så Line kunne gå først ind.

'Jeg tænkte, at du måske ville se min selvlysende frimærkesamling.'

Vix ledte Line gennem en lille labyrint af gange, der omsluttede de små usle kælderrum. Nogle var låst. Andre var parkeringsplads for affald og gammelt skrotmetal. Huset var i forvejen nedrivningsmodent og kælderen levede op til resten af bygningen. Vix stoppede og ventede på Line, da hun nåede enden af den længste af de små gange. Hun åbnede en faldefærdig dør, der var nødtørftigt bygget af pindebrænde. Line kunne lugte petroleum, inden hun nåede døråbningen. Et svagt skær fra en gammel lampe var eneste lyskilde, bortset fra den smule lys, der kiggede ind fra de små vinduer, der vendte ud mod gården. På en madras lå et menneske, der stank af lort og bræk.

'Gasser! Vågn op! Du har fint besøg fra Brøndby.'

Line var ved at brække sig. Petroleum, afføring og opkast var ikke en rar kombination for hendes næsebor. Hun missede med øjnene og prøvede at fokusere på, hvad der lignede en tynd pose knogler pakket ind i tøj, der var alt for stort. Line stirrede forfærdet på Gasser. Han åbnede øjnene, der gemte sig bag nogle indsunkne øjenhuler. De trætte øjne afslørede sygdom, som et menneske ikke lige kommer sig over.

Line kunne høre sig selv gispe efter vejret. Hun forlod det lille kælderrum tidsnok til at kunne nå at finde et hjørne, hvor hun kunne brække sig. Stanken af petroleum gjorde hende en lille smule svimmel. Vix kiggede ud til hende.

’Er du okay, Lone?’

Line nikkede. Da hun kom tilbage i kælderrummet, sad Gasser op ad to gamle sofapuder. Vix havde åbnet en sodavand til ham og han kæmpede med at sluge nogle piller, som Line genkendte fra handlen på Hovedbanen nogle minutter forinden.

’Det er for smerterne. Han sover om lidt!’ forklarede Vix.

’Jeg troede, at det var dig, der var på stoffer!’

Line lød undskyldende. Vix svarede hende ikke. Måske de begge var på stoffer. Hvad Gasser var på, anede Line ikke, men det så ikke ud som om, at det gjorde de store underværker.

’Det er godt at se dig, Rotte.’

Gasser prøvede at smile. Line ville ønske, at han havde ladet være. Hans mund var fuld af sår og Line måtte kigge væk.

’Hun hedder Lone! Hun hedder ikke Rotte mere.’

Line prøvede at smile til Gasser, men alting i hende vendte sig.

’Jeg smutter ud efter mere til dig, når du er faldet i søvn.’

Gasser nikkede til Vix. Han lignede en dukke, der var ved at tabe hovedet. Nakkemusklerne var stort set ikke eksisterende. Line var nødt til at komme ud af den kælder. Hun kunne ikke holde stanken af petroleum ud længere. Hun rejste sig for at gå.

’Rotte! Ved du hvad?’

Line vendte sig om. Hun kunne ikke sige noget, for åbnede hun munden, ville hun helt sikkert kaste op igen.

'Jeg slog sgu KGB!'

Kapitel 39.

’Du slår ham ihjel med al den petroleum!’ råbte Line.

De stod i Victoriagade. Vix havde tændt en smøg.

’Gør jeg det? Du tror ikke bare, at jeg prøver at bedøve ham lidt, så han ikke har skide ondt?’

Vix talte med en rolig stemme. Line havde lyst til at råbe ad hende. Gasser lå nede i en klam og ulækker kælder og var rigtig syg. Vix stod bare lige foran døren og røg smøger, som om alting var, som det plejede.

’Han skal da have noget hjælp!’

’Jeg hjælper ham. Det er godt nok til Gasser.’

’Du er jo sindssyg. Du giver ham jo bare mere af det lort, der er ved at slå ham ihjel.’ skreg Line.

Vix tog et sug af sin smøg. En kvinde stak hovedet ud ad stuevinduet på modsatte side af gaden. Hun fulgte nysgerrigt med i, hvad der foregik.

’Kan du huske, da jeg sagde til dig, at du ikke hørte til herinde?’

Line gad ikke at svare Vix.

’Du ved ikke, hvordan tingene fungerer. Du tror, at du er så skide klog.’

’Ja, for det du går og laver er nemlig rigtig klogt.’

Line begyndte at gå. Vix fulgte efter.

’Hvor skal du hen, Lone?’

Line trak sin taske til sig. Hun kæmpede med trangen til at tjekke pengene i sidelommen.

’Jeg skal finde en telefonboks. Jeg ringer efter en ambulance.’

’Det gør du fandme ikke, du gør ikke.’

’Det skal du ikke bestemme, Vix. Du bestemmer ikke over mig. Du bestemmer heller ikke over Gasser.’

Vix greb fat i Line, der prøvede at vriste sig fri.

’Giv slip, spasser.’ skreg Line.

Vix gav ikke slip. Line prøvede at slå sig fri, men Vix krammede hende hårdt, så hun ikke kunne få sine arme fri.

’Stop nu, Lone.’ lød det fra Vix, der gemte hovedet i Lines trøje.

Line stoppede. Hun kunne svagt fornemme, at Vix græd.

’Stop nu!’

Vix gav forsigtigt slip på hende. Line følte sig udmattet og satte sig på kantstenen, da Vix endelig slap grebet helt om hende. Vix satte sig ved siden af.

’Han er ikke en skid narkoman.’ snøftede Vix.

Line turde ikke kigge andre steder hen end ned i asfalten. Hun var sikker på, at hun selv ville begynde at græde, hvis hun så, hvordan Vix lod tårerne trille.

’Hvad er der så galt med ham?’ spurgte Line.

’Han er syg fra alle de gamle stoddere, som han har suttet pik på nede ved biografen.’

Line ville sige noget, men hun kunne ikke få ordene til at forlade hendes mund.

’En af de klamme bøsser har givet ham AIDS.’

De sad lidt i stilhed. Line havde jo hørt om den frygtelige sygdom, der var kommet fra Afrika og nu ramte bøsser rundt omkring i den vestlige verden.

’Men hvorfor…’ begyndte Line.

’Bare fordi.’ svarede Vix.

’Men AIDS… det dør man jo af!’ konstaterede Line.

’Man kan også dø af sult. Man kan dø af så mange ting.’

’Han skal have hjælp!’

Vix skulle til at protestere.

’Rigtig hjælp, Vix. **Rigtig hjælp!**’

Kvinden fra vinduet overfor var kommet ud af sin opgang. Hun gik med beslutsomme skridt hen mod Line og Vix.

’Har I brug for hjælp?’

Line skulle til at sige noget til damen, da Vix kom hende i forkøbet.

’Hvis du kan, må du gerne ringe efter en ambulance.’ sagde Vix.

Kapitel 40.

Han så træt ud. Betjenten. De sad på en lang gang på Rigshospitalet. Stolerækkerne på hver side af gangen var stort set lagt øde for natten, bortset fra betjenten, Vix og Line på den ene side – og en ældre mand, hvis kone var blevet indlagt akut på den anden.

'Så I fandt ham i en kælder?'

Betjenten havde smidt jakken. Han sad i den blå skjorte og lignede en mand, der bare gerne ville hjem og sove. Klokken var næsten tre om natten. Line havde ikke længere styr på, hvor længe hende og Vix havde siddet på stolerækkerne. De havde ikke forventet, pludselig at skulle svare på spørgsmål fra politiet. Line havde brugt noget af ventetiden på at vaske ansigtet, skifte blusen ud med en t-shirt fra tasken og ellers lige friske lidt op. Vix lignede noget, der var løgn. Mascaraen var rendt, håret var underligt fladt og hendes tøj så ulækkert slidt ud. Line stirrede udelukkende på Vix. Hun nægtede at se betjenten i øjnene og svarede heller ikke på hans spørgsmål. Det var Vix, som hun var gal på!

'Hvad gjorde I så?'

'Vi fik en nabo til at ringe efter en ambulance. Hvad skulle vi ellers gøre? Vi er jo ikke læger.'

Vix kastede et blik på Line, der stadig stirrede direkte på den afdankede punker med det ulækre tøj.

'Ved I, hvordan han er endt i den kælder?'

Ingen svarede. Betjenten havde udbedt sig deres sygesikringskort. Dem sad han så og stirrede på et øjeblik.

’Hvad laver I herinde i byen? Du er fra Vallensbæk? Hvorfor er du ikke i skole?’

’Det er søndag og det er sommerferie.’ svarede Vix på Lines vegne.

Han nikkede og kiggede misbilligende på Line. Hun kunne ikke helt bedømme, hvem hun irriterede mest med sin insisterende stirren på Vix.

’Du er fra Brønshøj? Skole eller arbejde?’

’Jeg har taget et sabbatår. Jeg vil ud at se verden.’

Betjenten noterede noget på sin blok, før de fik deres sygesikringskort tilbage. Han sagde ikke noget, mens han tog jakken på. Vix skubbede til Line, men hun var ligeglad. Hun stirrede bare videre.

’Vi har kontaktet hans familie.’ begyndte betjenten.

’Jeg er hans eneste familie.’ afbrød Vix.

’Nej, han har en mor og en far. De bor på Gasværksvej.’

’De er ikke rigtig familie. Jeg er hans rigtige familie.’ fortsatte Vix.

Betjenten var ligeglad og gad ikke diskutere.

’I må gerne blive siddende, men I skal nok ikke regne med at høre noget, før hans familie ankommer.’

’Er du dum i hovedet? JEG ER HANS ENESTE FAMILIE!’

Hendes stemme rungede gennem gangen. Line havde forventet en reaktion fra betjenten eller fra læger og sygeplejersker, som ville komme ud og tjekke, hvad al det postyr var.

Der var ingen reaktion. Betjenten nikkede til manden på den modsatte stolerække og forlod hospitalet.

'Hold kæft en idiot.' prøvede Vix.

Hun kunne ikke holde tårerne tilbage. Line ignorerede hende. I stedet rejste hun sig fra sædet og gik mod en af automaterne lidt længere nede ad gangen.

'Tager du en kop kaffe med?' hulkede Vix.

Line var udmattet – både fysisk og mentalt. Hun savnede Vallensbæk og sin varme seng. Hun savnede sin mor – og endda også Tom en lille smule. Hun smilede for sig selv. Ved automaten fandt hun en krone i lommen og trak en kakao til sig selv. Duften var pragtfuld, selv om det bare var vand med pulver. Hun tog en tår af den skoldhede plastkop, mens hun gik tilbage til Vix, der var holdt op med at græde.

'Var der ikke mere kaffe?'

'Hent dit lort selv.' svarede Line.

Vix rejste sig og gik mod automaten, men stoppede efter to skridt.

'Du har ikke engang en skide enkrone?'

Vix rystede på hovedet. Line fandt endnu en mønt frem fra lommen, som hun modvilligt rakte Vix.

'Tak!'

Line gad ikke at svare. Hun havde fået nok af det hele.

Kapitel 41.

Klokken var næsten syv om morgenen. Line var faldet i søvn, men blev vækket af en portør, der kom rullende med en patient. Vix sad også og sov, men Line vækkede hende ikke. Et par stole længere nede, lige overfor Gassers værelse, sad et ægtepar. Hun var i et par bukser og en brun skjorte. Han havde kedeldragt på. Line skulle ikke bruge mange sekunder, før hun kunne konstatere, at det var Gassers forældre – og at Gasser i øvrigt lignede sin far, der dog ikke havde hanekam og piercinger i ørerne.

’Er det dig, der er Victoria?’ spurgte damen.

Line skubbede til Vix, der sprang op i forskrækkelse.

’Hvad fanden skubber du for? Er der brand?’

Line sagde ikke noget.

’Er du Eriks veninde?’ spurgte kvinden forsigtigt.

’Hvem fanden er Erik?’ stønnede Vix.

Hun gned endnu mere mascara rundt i ansigtet.

’Gasser!’ hviskede Line.

’Vi har jo ikke set ham meget længe. Vi anede ikke, at han var…’

Gassers mor bed sig i læben. Hendes mand knugede hende ind til sig.

’Bøsse?’ spurgte Vix.

Gassers far sukkede.

’Syg.’ kom det fra moderen, der næsten ikke kunne få ordet over læberne.

’Jeg kunne godt lide ham. Han har altid passet godt på mig.’

Moderen smilede til Line.

’Tak, det var pænt sagt.’ sagde Gassers far.

De sad i stilhed. Vix rodede efter sine smøger, men opgav efter et stykke tid. Line havde set hende ryge den sidste, kort før hun var faldet i søvn.

’De siger, at han ikke kommer til at vågne igen. Vi må ikke se ham endnu, men forhåbentlig kommer der snart en læge.’ fortalte Gassers far.

Ingen sagde noget. De sad alle fire og stirrede ned i gulvet.

’Jeg skal pisse.’ sagde Vix.

Hun rejste sig, men hun gik ikke mod toiletterne, som hun ellers havde besøgt flere gange over natten. I stedet gik hun direkte mod udgangen.

’Jeg skal også…’ undskyldte Line.

Hun nikkede til de tyngede forældre, samlede tasken op og løb af sted. Hun indhentede først Vix, da de var nået et godt stykke ud på den store parkeringsplads.

’Du kan rende og hoppe, Lone.’

Line fortsatte efter Vix.

’Du er simpelthen så tarvelig.’ råbte Line.

Vix stoppede.

’Tarvelig? Tror du ikke, at jeg så, hvordan du sad med ham panseren!’

’Hvad fanden mener du?’

’Du prøvede sgu da at give mig skylden for det hele!’

Line kunne mærke vreden boble i hele kroppen.

’Skyld! Det er sgu da også din skyld det hele. Det er da din skyld, at Gasser ligger derinde og dør.’

Vix skubbede til Line.

’Jeg har sgu da ikke givet ham AIDS.’ råbte Vix.

Line skubbede tilbage.

’Nej, men du har fået ham slået ihjel.’

Vix væltede Line bagover. Hun nåede at tage fra med hænderne, før hendes baghoved ramte asfalten.

’Han dør af AIDS. Hvad fatter du ikke? Jeg har sgu da ikke bedt ham om at sutte pik på klamme stoddere på hele Rådhuspladsen.’

’Det er din skyld det hele.’ fortsatte Line.

Hun havde opgivet at komme på benene.

’Han har sgu da selv begået selvmord, idioten.’

’Nej, det var harakiri!’ råbte Line.

’Harry hvem?’

’Harakiri.’

Vix begyndte at gå.

’Du er så skide stolt af at bo på gaden, ikke Vix? Det er bare så fedt det hele. Du synes bare det er så sejt, at din eneste ven i verden er død på gaden, for det er nemlig det eneste rigtige i din verden.’

Vix stoppede op.

'Det er ligesom de der samuraier og harakiri. De tror, at de dør med ære og stolthed, men ved du hvad, Vix? Gasser er død. Stendød. Hvad er der at være stolt over? Har han vundet noget, fordi han døde på gaden i sit eget lort og bræk?'

Vix kom mod Line med truende høj fart. Line forventede, at Vix ville slå og sparke, men i stedet stak hun en pegefinger i ansigtet på Line.

'Skrid hjem til Brøndby, din dumme tøs. Du ved ikke en skid.'

Line kom på benene, selv om hun nær var snublet over sin taske.

'Skrid hjem til Brønshøj, Victoria. Din mor savner dig sikkert rigtig meget. Så du ikke hans forældre? Skal din mor opleve det, bare fordi du er så skide stolt og sej?'

Vix var begyndt at gå.

'Skrid hjem til Brønshøj!' råbte Line.

Kapitel 42.

'Er du sød at tage fødderne ned fra sædet?'

Kontrolløren pegede på Lines støvler. Hun tog fødderne ned.

'Undskyld!' sagde hun forlegent.

'Jeg skal bede om at se din billet?'

Han smilede til Line. Hun smilede tilbage og fandt billetten i lommen. Den første billet, som hun nogensinde havde købt af egen fri vilje.

'Hvor langt skal du?'

'Jeg skal hjem.' svarede Line træt.

'Det lyder som en rigtig god idé, men hvor er hjem henne?'

'Vallensbæk.' svarede Line.

'Så har du købt lidt for mange zoner. Du skulle kun bruge fire.'

Han viste Line billetten, mens han pegede på den. Hun smilede.

'Det er okay. Jeg tror vistnok, at jeg skylder jer et par zoner i forvejen.'

Han smilede tilbage til Line og fortsatte ned gennem S-toget. Da toget nærmede sig Vallensbæk, rejste Line sig, tog sin taske og gik mod udgangen. Hun proppede billetten i lommen. Den ville hun gemme og få i en ramme en dag. Hun ville nemlig aldrig nogensinde flygte fra nogen eller noget igen. Det var slut med at stikke af fra problemer og ting, som hun ikke havde styr på i livet. Hun ville leve resten af sit liv med stolthed og ære. Harakiri var ikke løsningen.